Judith

So shocking !

DU MÊME AUTEUR

Moulins à paroles, Actes Sud, 1992
Espions et célibataires, Bourgois, 1994
Jeux de paumes, Denoël, 2001
Soins intensifs, Denoël, 2006
La Reine des lectrices, Denoël, 2009
La Mise à nu des époux Ransome, Denoël, 2010 (2e édition)

Alan Bennett

So shocking !

Traduit de l'anglais
par Pierre Ménard

DENOËL
& D'AILLEURS

Mrs Donaldson
sort du placard

— Je suppose que vous êtes ma femme, dit l'homme dans la salle d'attente. Je ne crois pas que nous ayons eu l'honneur d'être présentés.

La quarantaine bien tassée, il était plutôt maigrichon et avait les jambes nues. Mrs Donaldson le soupçonnait de n'être guère plus vêtu sous sa blouse d'hôpital ultracourte.

— Donaldson, dit-elle.

— Moi, c'est Terry. J'ai dû m'absenter ces derniers temps.

Il tendit la main et au moment où elle la saisissait la blouse s'entrouvrit, révélant brièvement la présence d'un slip orange dans la ceinture duquel était glissé un téléphone portable.

— Des problèmes de constipation, c'est bien ça ? reprit-il d'un air enjoué.

— Non, je ne crois pas, répondit Mrs Donaldson.

— Je parle pour moi, ma chère, dit Terry. Vous êtes simplement ma femme.

— J'avais cru comprendre qu'il s'agissait d'un problème de vessie.

— Absolument pas, répondit Terry en remontant la ceinture de son slip.

— Vous ne vous relevez donc pas à longueur de nuit pour aller aux toilettes ? demanda Mrs Donaldson.

— Pas le moins du monde. Je prends mes précautions avant d'aller me coucher et je m'y rends le matin sitôt levé. Vous devriez le savoir, ajouta-t-il avec un petit rire. Après tout, vous êtes ma femme.

Mrs Donaldson sortit un dossier de son sac.

— Vous allez voir, reprit Terry. C'est l'autre orifice qui est concerné. Évacuation difficile, parfois douloureuse. Saignements occasionnels, etc. Je suis d'un naturel plutôt timide et c'est la raison de votre présence : vous êtes ici pour me soutenir, m'encourager…

— Ma foi, j'étais infirmière autrefois, admit

Mrs Donaldson. Je connais donc bien la terminologie technique : intestins, côlon, prostate…

— Sans blague ? dit Terry. Vous êtes réellement infirmière ?

— Non, dit Mrs Donaldson. Je suis veuve.

— Attendez un instant, dit Terry. Je vais vérifier cette affaire.

Il quitta la pièce en resserrant les pans de sa blouse. Lorsqu'il revint, Mrs Donaldson avait pris place sur une autre chaise. Il alla s'asseoir à côté d'elle mais demeura silencieux.

— Alors ? demanda-t-elle.

— C'est bien la vessie, reconnut Terry en désignant la région concernée. Mais les intestins pourraient également être impliqués : il faudra bien passer par le trou de balle pour examiner cette bonne vieille prostate. Après, cela dépendra de l'os qu'il voudra leur donner à ronger.

La porte s'ouvrit. On entendit des éclats de rire et une jeune femme qui arborait un badge sortit de la pièce en pleurant.

— J'ai fait de mon mieux pour vous avertir, dit une femme plus âgée qui la suivait en reboutonnant son chemisier. La vésicule biliaire était une fausse piste.

Une brève sonnerie retentit. Terry et Mrs Donaldson se levèrent.

— Après vous, dit Terry à Mrs Donaldson en posant la main sur le bas de son dos.

Celle-ci se dégagea en lui lançant :

— Vous êtes timide, souvenez-vous.

Il y avait une demi-douzaine d'étudiants ce matin-là, quatre garçons et deux filles, et la pièce était meublée pour évoquer un cabinet de consultation. Un bureau trônait à côté d'une table derrière laquelle, feignant l'indifférence, se tenait le chef du service, le Dr Ballantyne. Qui ressemblait vaguement à Terry, songea Mrs Donaldson, mais portait sans l'ombre d'un doute des sous-vêtements de meilleure qualité.

— Bonjour, Mrs Donaldson, Mr Terry… Je ne dirai pas : comment allez-vous, ajouta-t-il en s'extirpant de sa chaise, puisque ce sont nos apprentis guérisseurs qui vont devoir l'établir. Je crains qu'il ne faille poursuivre en l'absence de Miss Truscott, qui a préféré se retirer. Mais prenez place, je vous en prie… Personne n'aura donc l'idée de dire à nos patients de s'asseoir ? Mr Rowswell, c'est à vous, ajouta-t-il en se rasseyant lui-même.

Un jeune homme nerveux au visage rougeaud

doté de drôles d'oreilles et d'une veste trop large regarda le couple qui s'asseyait avant d'aller prendre place derrière le bureau, visiblement mal à l'aise. Tout en se frottant machinalement le bras, il dévisagea Terry et ébaucha un sourire.

— Eh bien, dit-il, qu'est-ce qui vous amène ?

Ballantyne poussa un profond soupir et croisa les mains sur le sommet de son crâne.

— Félicitations, Mr Rowswell. Vous n'êtes qu'en deuxième année de médecine et vous possédez déjà un don qui ne m'a pas encore été accordé, au bout de vingt ans de pratique. Vous avez deviné du premier coup d'œil qui était le malade et qui était en bonne santé.

Les autres étudiants se fendirent d'un rire complaisant.

— Comment pouvez-vous savoir laquelle de ces deux personnes est votre patient ? reprit-il. Ils n'ont pas l'air plus mal en point l'un que l'autre.

Rowswell rougit davantage.

— Monsieur porte une blouse d'hôpital, dit-il.

Ballantyne se tourna vers Terry, comme s'il le voyait pour la première fois.

— En effet, dit-il. Comment cela se fait-il, Mr Porter ?

Terry frotta ses genoux dénudés.

— J'ai pensé que cela nous ferait gagner du temps, dit-il.

— Nous ne sommes pas ici pour gagner du temps, Mr Porter. Nous sommes ici pour sauver des vies, ajouta Ballantyne en accompagnant sa déclaration d'un sourire appuyé à l'intention de Mrs Donaldson. La prochaine fois, ne brûlez pas les étapes. Si Mrs Donaldson était notre patiente, je ne m'attendrais certes pas à ce qu'elle se présente à nous… en petite tenue.

Le sourire aux lèvres, il parut considérer un instant cette hypothèse avant de lancer :

— Poursuivez, Mr Rowswell.

Cela faisait maintenant un mois que Mrs Donaldson participait à ces cours, mais elle fréquentait l'hôpital lui-même depuis beaucoup plus longtemps. C'était dans ces murs que Mr Donaldson avait fini par s'éteindre, au terme d'une agonie qui n'avait été ni rapide ni exempte de douleurs. Son épouse était venue le voir tous les jours sans jamais se plaindre, obéissant à une routine qu'elle avait trouvée ennuyeuse au début mais à laquelle elle s'était peu à peu habituée, voire même attachée. Au point que lorsque la mort était arrivée, elle avait ressenti un double sentiment de perte : le défunt lui manquait tout autant que les visites quotidiennes qu'elle lui avait rendues et elle se sentait du coup un peu désemparée, surtout l'après-midi. N'ayant plus de raison de mettre le nez dehors, elle passait des semaines entières sans sortir de chez elle — situation que Gwen, sa fille déjà mariée, mettait sur le compte d'un « travail de deuil » dont elle ne pouvait que se féliciter, ayant toujours eu le sentiment que sa mère ne rendait pas suffisamment justice à son père.

Bien qu'elle n'eût jamais rien eu à reprocher à son mari et qu'elle regrettât sincèrement sa disparition, Mrs Donaldson ne se sentait pas prête pour autant à accepter la solitude altière et digne qui correspondait selon sa fille à son nouveau statut de veuve. La solution se présenta de manière inattendue.

Une certaine confusion concernant la pension de son mari avait laissé sa veuve dans une situation moins prospère que prévu et qui l'obligeait à compléter ses revenus. Vivant désormais seule dans une maison qui comportait trois chambres, elle s'était dit qu'elle pourrait en louer une à des étudiants.

Sa fille pouvait difficilement contester l'impératif économique qui motivait cette initiative, mais trouvait ses implications sociales un peu dégradantes.

— Des locataires ? À Lawnswood ? Je ne pense pas que papa aurait vu cela d'un très bon œil. Et je t'imagine mal en logeuse.

— Le fait de louer la chambre d'ami ne me transforme pas en logeuse, rétorqua Mrs Donaldson. De surcroît, ce ne seront pas de véritables locataires, mais de simples étudiants.

Gwen ne discuta pas davantage, en se disant que quelques mois de baignoire crasseuse, de musique tonitruante en pleine nuit et de chasses d'eau non tirées suffiraient à ramener sa mère à la raison.

— Le jour où elle trouvera un préservatif dans la cuvette des chiottes, dit-elle à son mari, tu verras qu'elle changera d'avis.

Peut-être Mrs Donaldson avait-elle eu de la chance, mais le comportement des deux étudiants que lui avait adressés le comité de logement universitaire s'avéra irréprochable, à un petit détail près. Ils étaient propres, calmes, nettoyaient la baignoire et tiraient la chasse d'eau. Ils faisaient également preuve d'une grande discrétion, au point que Mrs Donaldson aurait été la plupart du temps incapable de dire s'ils se trouvaient à la maison ou non. Laura faisait des études de médecine et Andy, son petit ami, était en architecture (Mrs Donaldson se disait que cela expliquait sans doute leur aspect soigné). C'était par leur intermédiaire qu'elle avait trouvé ce travail de présentation à mi-temps : Laura avait repéré l'annonce dans le bulletin de la faculté de médecine.

Aucune compétence particulière n'était requise, en dehors de la capacité à retenir un certain nombre de données et à les exposer avec clarté. L'annonce ne précisait pas que quelques talents de comédien s'avéraient nécessaires, sinon Mrs Donaldson ne se serait vraisemblablement pas présentée. Pas plus qu'on n'y mentionnait la confiance en soi, ce qui l'aurait tout autant dissuadée : elle se considérait depuis toujours comme quelqu'un de relativement timide.

Gwen ne manqua pas de le souligner lorsque sa mère commit l'imprudence de lui faire part de cette candidature.

— Pour commencer, tu as horreur de te déshabiller.

— C'est exact, reconnut sa mère, mais c'est pour une noble cause.

— Je croyais que tu avais suffisamment fréquenté les hôpitaux. Je me demande ce que papa penserait de tout ça.

Mrs Donaldson avait de plus en plus souvent l'impression que Gwen se considérait comme la représentante de son père en ce bas monde.

Si respectable et même digne d'éloges que fût une telle activité, sa fille ne voyait pas les choses sous cet angle. À ses yeux, le travail auquel postulait sa mère évoquait vaguement celui des modèles qui posaient pour les peintres, avec tout le côté dévergondé que cela impliquait. Sans parler bien sûr de la nudité.

En fait, on n'avait jamais demandé à Mrs Donaldson d'ôter ses vêtements — ce à quoi certains patients étaient plus naturellement enclins que d'autres. Terry, par exemple, ne rechignait jamais à troquer ses habits contre une blouse d'hôpital, même lorsque le diagnostic qu'il s'agissait d'établir ne le requérait pas.

Mrs Donaldson se disait qu'une telle promptitude à se dévêtir constituait presque un symptôme en soi — même si elle eût été bien incapable de dire de quoi. La tristesse et les années écoulées y étaient peut-être pour quelque chose, mais c'était un penchant qu'elle était heureuse de ne pas partager.

— Je n'ai même pas l'impression de jouer la comédie, dit-elle un jour à la cantine à son amie Delia. Il s'agit simplement de garder son sérieux. C'est une façon de sortir de soi.

Delia faisait elle aussi partie de la petite troupe de l'hôpital.

— Je trouve plutôt agréable d'être regardée, dit-elle, même si c'est en tant que simple spécimen. Les jeunes gens ne font plus guère attention à nous. À nos âges, nous sommes devenues invisibles.

Même si leurs chemins se croisaient rarement et que fort peu de gens à l'hôpital étaient au courant de leurs relations extramédicales, il se trouvait que Laura faisait partie ce matin-là des étudiants devant lesquels intervenait Mrs Donaldson. Elle venait même de succéder au rougissant Mr Rowswell, qui avait tout bonnement craqué lorsqu'il avait fallu procéder à un toucher rectal sur la personne de Terry.

— Doucement, lui avait dit le Dr Ballantyne. Faites comme s'il s'agissait de votre petite amie.

Mais comme Mr Rowswell n'avait jamais eu de petite amie, le conseil ne lui avait pas été d'un grand secours. Laura, qui avait pris sa suite, s'en sortait plutôt bien, si bien même que Ballantyne n'hésita pas à s'éclipser un instant hors de la pièce pour répondre à un appel sur son portable.

Ce fut à cet instant que Mrs Donaldson piqua brusquement du nez et s'effondra en travers de la table.

Tous les regards étant tournés vers Terry, deux ou trois secondes s'écoulèrent avant qu'on ne remarque ce qui venait d'arriver. Tout le monde s'attroupa aussitôt autour du corps inanimé. Quelqu'un souleva sa paupière, révélant un œil luisant au regard absent, et l'un des étudiants (ce n'était pas Laura) glissa la main et farfouilla sous la robe de Mrs Donaldson en essayant de localiser son cœur.

— Je vais appeler à l'aide, dit Terry qui avait rapidement remonté son slip et saisi son portable. Quel numéro faut-il faire ?

— Je n'y crois pas, grommela Rowswell. Ce

type a des hémorroïdes et l'autre nous fait une crise cardiaque…

— Mais est-ce bien le cas ? intervint Minskip. Cela fait peut-être partie de son numéro.

— Non, dit Terry. Je serais au courant, si tel était le cas. Elle devait simplement tenir le rôle de mon épouse.

— De toute façon, dit Rowswell, nous n'avons pas encore étudié les crises cardiaques.

Le Dr Ballantyne était réapparu entre-temps, balayant tous les doutes concernant la gravité de cet incident. Comprenant aussitôt l'urgence de la situation, il saisit son portable et appela le service de réanimation. Puis, n'étant pas du genre à laisser passer une si belle occasion, il en profita pour expliquer aux étudiants la procédure qu'il convenait de suivre lorsqu'on était confronté à un cas pareil, qu'on pouvait ranger selon toute évidence dans la catégorie des accidents cérébraux.

— Faut-il mettre cela sur le compte du stress ? demanda Terry. Elle était un peu nerveuse tout à l'heure, bien qu'elle ne soit pas du genre à afficher ses émotions.

Ballantyne l'ignora et se contenta de dire :

— Qu'est-ce qu'ils fabriquent, bordel ? Le

temps est l'élément clef dans ce genre d'affaire. Et encore, nous sommes dans un hôpital. Imaginez que cela lui soit arrivé en pleine rue…

— Mrs Donaldson, murmura Laura, agenouillée auprès du corps inanimé. Mrs Donaldson… Je la connais, vous comprenez, ajouta-t-elle en refoulant ses larmes. C'est ma logeuse.

— Ne pourrions-nous pas faire quelque chose ? lança Ballantyne. Réfléchissez un peu, bande d'idiots !

Tout le monde se mit à réfléchir, tout en sachant que s'il y avait quelque chose à faire, Ballantyne l'aurait déjà fait.

— Elle a une fille, reprit Laura. Peut-être faudrait-il essayer de la contacter.

La robe de Mrs Donaldson s'était retroussée, dénudant ses cuisses et le sommet de ses bas retenus par des jarretières d'un modèle si archaïque que seule la gravité de la situation empêcha Ballantyne de le faire remarquer à ses étudiants. Vu les circonstances, il se contenta de soulever doucement les jambes de la patiente et de rabattre sa robe, en déclarant d'une voix douce à sa silhouette inerte :

— Voilà, c'est mieux comme ça.

Laura était toujours agenouillée auprès d'elle et avait posé la main sur son cou.

— Son pouls est bon, dit-elle.

— Oui, dit le Dr Ballantyne. Sauf que vous l'avez pris sans ôter le gant qui vous a servi à sonder l'arrière-train de Mr Porter.

Le corps inanimé de la femme eut un visible soubresaut.

— Elle revient à elle, dit Terry.

— Parce qu'elle ne nous avait tout simplement jamais quittés, rétorqua Ballantyne. Le spectacle est terminé, vous pouvez vous relever, chère madame, ajouta-t-il en aidant Mrs Donaldson à regagner sa chaise.

— Ballantyne a un faible pour vous, cela saute aux yeux, lui dit Delia lorsqu'elles se retrouvèrent à la cantine à la fin du cours.

Voyant que Mrs Donaldson faisait la moue, elle ajouta :

— Vous auriez pu vous en sortir plus mal.

Les commentaires étaient allés bon train après que Mrs Donaldson était « revenue à elle ».

Tous les étudiants avaient été pris de court, à des degrés divers. Mais le plus étonné avait été Terry, qui estimait faire plus ou moins partie du personnel paramédical et considérait donc qu'il aurait dû être informé de cette supercherie. Toutefois — Mrs Davidson ne l'ignorait pas, même si elle n'aimait guère le reconnaître — une telle hypothèse était fort improbable, ne serait-ce que parce qu'elle était une veuve de cinquante-cinq ans aux jambes encore fort présentables alors que Terry n'était qu'un individu hirsute et débraillé tenant des propos inconvenants, affligé d'un gros nez et de sous-vêtements douteux — sans parler du tatouage en forme d'oiseau qui irradiait de son nombril.

Pourtant, Terry n'avait pas tort : ils constituaient bien une petite troupe, même s'ils étaient mal assortis. Leurs activités n'exigeant pas de qualifications précises et demeurant assez mal définies, il n'était guère étonnant que ses membres soient recrutés parmi les laissés-pour-compte d'autres corps de métier. Delia en était l'exemple type, avec son statut d'ancienne actrice (mais se prétendant toujours en activité). Terry, de son côté, avait été portier dans un hôpital, puis chargé de la sécurité dans un magasin, parmi bien d'autres emplois. Quant à Miss Beckinsale, nul ne savait au juste quelle avait été sa trajectoire.

Mais comme elle était la plus âgée du groupe, elle affichait volontiers un air condescendant, tout en prétendant disposer de connaissances médicales approfondies sous prétexte qu'elle avait jadis été employée quelque temps dans une pharmacie.

Mrs Donaldson s'insérait à vrai dire assez mal au sein de ce précaire assemblage. Elle se considérait comme une femme ordinaire de la classe moyenne, échouée sur les rives du veuvage après un mariage qui avait dû être selon elle à l'image de nombreux autres : c'est-à-dire heureux dans les premiers temps, puis simplement satisfaisant — et pour finir ennuyeux. Pour autant elle ne se sentait pas représentative, tant s'en faut, de cette compagnie disparate.

Cela l'obligeait néanmoins à jouer deux rôles à la fois. Intérieurement, tout d'abord, elle devait faire en sorte de se sentir plus ouverte d'esprit, plus « détendue » qu'elle ne l'était vraiment, sauf à passer pour une femme un peu guindée.

— Même les jurons me mettent mal à l'aise, avoua-t-elle un jour à Delia. Lorsque les gens se mettent à jurer, je me sens totalement exclue.

— Ne vous inquiétez pas, répondit Delia.

Dans deux mois, vous direz « merde » comme tout le monde ici.

Elle pensait en fait à des interjections comme « bordel » ou « mon cul », mais songea que Mrs Donaldson n'était pas encore prête à franchir ce pas.

Son autre rôle, comme le reste du groupe, consistait à incarner toute une série de patients, en fonction des dossiers qu'on leur remettait : une mère éplorée, une fille déprimée, une épouse agressive... Dans l'ensemble, elle avait moins de difficultés avec cette seconde catégorie de simulation. Le travail demandait un minimum de préparation car les P.P. (ou Pseudo-Patients, puisque telle était leur dénomination officielle) devaient se familiariser avec les caractéristiques de l'individu qu'ils allaient incarner — ce qui, en plus des symptômes qu'ils devaient présenter, incluait aussi leur histoire médicale et leur environnement social. Du coup, avant de se coucher, elle révisait souvent le dossier du lendemain. Le Dr Ballantyne ne tarda pas à remarquer qu'elle était plus consciencieuse sur ce plan que ses autres collègues : aussi hérita-t-elle bientôt des rôles les plus exigeants et des maladies les plus rares. Elle était sans l'ombre d'un doute l'un de ses meilleurs éléments.

Pourtant, si appliquée fût-elle, elle était désolée de ne pas avoir pu mettre Laura au courant de ce qui allait se passer. Mais Ballantyne lui en avait parlé quelques minutes seulement avant le début du cours, lui présentant la chose comme une sorte de plaisanterie qu'il voulait faire à ses étudiants plutôt que comme un exercice relevant de l'enseignement proprement dit. Mrs Donaldson se souciait peu d'alimenter le climat de conspiration dont Ballantyne semblait vouloir entourer cette affaire (« ce sera notre petit secret »). Elle préférait savoir à l'avance les maux qu'elle allait devoir simuler, de manière à en connaître chaque symptôme sur le bout des doigts. Certes, il s'agissait seulement pour ce soi-disant accident cérébral de simuler une perte de connaissance, mais sans doute y avait-il certains signes avant-coureurs, une migraine par exemple, qu'elle aurait pu mentionner un peu plus tôt ou feindre de ressentir de manière plus tangible… Ballantyne avait balayé ces considérations d'un revers de main et l'avait même chaleureusement congratulée après sa performance. Il lui semblait donc que cette supercherie était moins destinée à éclairer les étudiants qu'à donner un caractère plus intime à la relation qu'il cherchait à nouer avec elle… sans grands résultats pour l'instant.

— C'est compréhensible, lui avait dit Delia. Vous avez perdu votre mari, il a perdu sa femme. Son fils vit apparemment au Botswana et sa fille a épousé un opticien. Il est probablement très seul.

Lorsque Mrs Donaldson arriva chez elle, Laura était à la cuisine.

— Sincèrement, lui dit-elle, je suis désolée pour vous. Il est vraiment dégoûtant.

— Terry ? dit Mrs Donaldson. Ne m'en parlez pas…

— Non… ou plutôt, oui, mais Terry n'est qu'un pauvre type. Je parlais de Ballantyne et de tous ses beaux discours. « Vous pouvez vous relever, chère madame… » Franchement, je suis surprise que vous supportiez un tel traitement. Cela ne vous embarrasse pas ?

— C'est un homme, répondit Mrs Donaldson. Et il me suffisait de perdre connaissance. D'un autre côté, je devrais me montrer reconnaissante : j'ai bien besoin de cet argent.

Cette remarque n'avait rien d'inconsidéré.

Si irréprochable qu'ait été le comportement des deux jeunes gens, ils l'avaient néanmoins déçue sur un point capital : ils étaient régulièrement en retard pour payer leur loyer. Il n'était donc pas inutile (songeait Mrs Donaldson) de leur rappeler qu'elle était certes propriétaire de cette maison ainsi que d'un modeste véhicule, mais qu'elle ne roulait pas sur l'or pour autant et que leur contribution à la bonne marche de la maisonnée, qu'ils lui versaient (au mieux) quand bon leur semblait, loin d'être un simple complément, s'avérait au contraire essentielle à l'équilibre de son budget.

Si sa fille avait su que les deux étudiants tardaient ainsi à la payer, Mrs Donaldson en aurait entendu parler pendant des lustres. Et même s'il s'agissait d'un sujet sensible, elle avait eu le bon sens de garder la chose pour elle, se contentant d'exprimer une intense satisfaction, sur ce plan comme sur d'autres, lorsque Gwen l'interrogeait sur ses « locataires », comme elle s'obstinait à les appeler.

Pour être honnête, « les enfants » (ainsi Mrs Donaldson les avait-elle surnommés de son côté) ne prenaient pas eux non plus à la légère leur propre inconséquence en la matière. Ils ne tenaient pas à être dénoncés auprès du comité de logement et moins encore à se retrouver sur le pavé. Aussi Laura avait-elle décidé d'aborder le sujet avec Mrs Donaldson, à l'instant même où celle-ci s'apprêtait à le faire. Elle saisit d'abord la main de sa logeuse.

— À propos du loyer…, commença-t-elle.

— Oui ? répondit Mrs Donaldson.

— Eh bien, voyez-moi ça ! lança Andy en pénétrant à son tour dans la cuisine. On se tient par la main à présent ?

— J'étais en train de dire à Mrs Donaldson que nous allions nous débrouiller. Pour le loyer.

Andy s'empara de son autre main.

— Oui, dit-il. Nous allons trouver une solution.

Mrs Donaldson ne voyait pas très bien à quelle solution il faisait allusion. Ils lui devaient de l'argent. Ils n'avaient qu'à régler leur dette, un point c'est tout.

Mais Laura lui versa une tasse de thé, Andy se porta volontaire pour changer le sac de l'aspirateur et les choses en restèrent là.

Lors de la séance suivante, à la fac de médecine, Mrs Donaldson était censée souffrir d'un ulcère du duodénum, une maladie sur laquelle elle n'avait guère besoin de se documenter étant donné que Mr Donaldson en avait souffert pendant la plus grande partie de sa vie d'adulte. Elle en connaissait tous les symptômes, ainsi que la localisation et l'origine exacte des douleurs. Pour le personnage qu'elle devait incarner, elle avait décidé de mettre cela sur le compte du stress dont elle était victime au travail, en tant qu'assistante d'un capitaine d'industrie. Pour ce qui était de Mr Donaldson, elle ignorait quelle avait été la cause précise de son mal et se demandait parfois si elle n'y avait pas été pour quelque chose… Mais si tel avait été le cas, il n'en avait jamais rien laissé paraître.

Il s'agissait cette fois-ci des étudiants de première année et tandis qu'ils cherchaient à établir leur diagnostic elle eut à subir quelques palpations inexpérimentées au niveau du diaphragme. Certains faisaient même preuve d'une telle vigueur que le cri de douleur qu'elle devait pousser lorsqu'ils atteignaient l'endroit névralgique n'était pas totalement simulé.

Généralement, le Dr Ballantyne intervenait sans tarder lorsqu'il s'agissait de protéger ses pseudo-patients contre le zèle exagéré des étudiants — ne serait-ce que parce que c'était l'occasion rêvée d'exercer son art légendaire du sarcasme. (« Mr Horrocks éprouve quelques difficultés à avaler ? Cela n'a rien d'étonnant, étant donné que votre poignet est enfoncé en travers de sa gorge. ») Aujourd'hui, néanmoins, les choses se passaient de manière un peu différente vu qu'il était totalement absorbé par la nouvelle arme qui était récemment venue s'ajouter à sa panoplie clinique — un caméscope qui lui permettait de filmer l'ensemble des opérations.

Ballantyne avait tenu à manipuler l'appareil lui-même. (« Il s'agit d'un outil thérapeutique, je suis le seul à savoir ce qu'il convient de filmer. Une caméra pour moi est comme un bistouri entre les mains d'un chirurgien. ») Mais cela ne l'empêchait pas de braquer fréquemment l'objectif vers Mrs Donaldson, laquelle en conclut que l'appareil était davantage un jouet qu'un outil aux yeux du médecin. Il est de fait que son mari avait été la proie de ce genre de lubies technologiques, qu'il gérait avec le même instinct de possession jalouse. Elle n'avait jamais eu le droit, par exemple, de toucher à la tondeuse à gazon, ni même au couteau électrique. La mort de Mr Donaldson lui avait enfin permis de manipuler ces outils en toute liberté — l'une des nombreuses joies du veuvage étant de ne plus avoir à jouer le rôle de l'épouse timide et effacée.

Mrs Donaldson était également sceptique quant à l'emploi de ce caméscope car il lui semblait que sa présence encourageait les pires penchants des pseudo-patients, les poussant à exagérer et à dramatiser leur comportement. Ce constat lui fut confirmé par Delia.

— Comment voulez-vous être naturel quand on vous brandit un tel engin sous le nez ?

Terry, par exemple, incarnait ce jour-là un patient atteint d'un cancer au stade terminal. Eh bien, chaque fois qu'il sentait que l'objectif s'approchait de lui, il prenait un air inspiré, les yeux plongés dans le vide, comme s'il contemplait le dénouement fatalement tragique de l'avenir qui l'attendait.

Miss Beckinsale, qui n'était pourtant pas du genre réservé, faisait preuve en la circonstance d'une retenue inhabituelle. Comme elle l'expliqua à Mrs Donaldson, elle avait l'habitude des caméras : sa présentation de la démence sénile avait eu un tel succès qu'on l'avait filmée à Glasgow, « avec une vraie caméra », et que le film avait même été projeté à l'occasion d'un colloque sur l'île de Man.

Quoi qu'il en soit, le scepticisme de Mrs Donaldson devant la présence de ce caméscope se révéla pleinement justifié. Le jeudi suivant, elle était censée souffrir de la maladie de Crohn, mais l'appareil avait déjà perdu l'essentiel de son attrait et n'était plus cet outil décisif dans le combat contre la maladie qu'on avait tant vanté la semaine précédente.

Pour être tout à fait honnête, cela n'était pas seulement dû à la versatilité de Ballantyne, qui tenait sa petite troupe en haute estime et considérait ses membres comme des sortes de pionniers. Mais lorsqu'il avait visionné les scènes qu'il avait filmées la première fois, il avait été terriblement déçu de constater que la plupart d'entre elles ne présentaient pas le moindre intérêt : hésitantes et brouillonnes, elles étaient de surcroît d'une platitude et d'une longueur épouvantables. Les présentations qu'il avait trouvées sur le moment pleines de naturel et de vie paraissaient théâtrales et forcées à l'écran.

Cela pouvait en partie être mis sur le compte

de l'inexpérience des pseudo-patients face à une caméra, mais la vérité était que son film avait tout simplement besoin d'être monté. Comme personne n'était là pour le lui expliquer, Ballantyne renonça tout bonnement à son projet. Et comme il pouvait difficilement en donner les raisons aux membres de sa petite troupe, le sentiment défavorable que Mrs Donaldson avait éprouvé dès le départ s'en trouva confirmé.

Elle au moins ne passait pas trop mal à l'écran... Telle était du moins l'opinion du docteur, même s'il avait bien conscience de la considérer d'un œil plus indulgent que ses autres collègues. Pour tout dire, elle l'intimidait même un peu. Si elle avait connu la nature de ses sentiments, Mrs Donaldson aurait peut-être été amenée à le considérer elle aussi d'un œil plus indulgent. Mais les choses étant ce qu'elles étaient, tout ce qu'elles purent constater, Delia et elle, c'est que le jouet qui avait la vedette la semaine précédente avait passé l'essentiel de la session relégué au sommet de son trépied, surveillant le déroulement des opérations de son œil figé de cyclope.

— Et dire qu'ils prétendent manquer de moyens, soupira Delia.

À la maison, la question du loyer était restée en suspens et le jeune couple avait désormais quatre semaines de retard. Cyril n'aurait jamais toléré une chose pareille, se disait-elle : mais il est vrai qu'il n'aurait jamais loué cette chambre, pour commencer. Son propre ressentiment lui donnait l'impression d'être une rabat-joie doublée d'une enquiquineuse. Mais elle n'en était pas moins décidée à aborder la question.

En fait, cela faisait plusieurs jours qu'elle n'avait pas vu les deux étudiants, qui devaient s'arranger pour éviter de la croiser. Mais en revenant de l'hôpital un beau soir elle les trouva tous les deux assis à la cuisine, comme s'ils l'avaient attendue.

Andy lui versa une tasse de thé. (C'était ce genre d'attentions qu'elle aimait chez eux, tout en sachant que Gwen lui aurait rétorqué qu'elle était décidément bien naïve.)

— Qu'aviez-vous aujourd'hui ? lui demanda Laura.

— Un nouvel ulcère du duodénum, répondit Mrs Donaldson. Mais Vous-Savez-Qui a suggéré qu'il pouvait s'agir d'une hernie hiatale. Ou du moins de brûlures d'estomac.

— C'est donc si grave ? demanda Laura.

— Probablement, dit Mrs Donaldson, même si les dernières recherches indiquent que cela pourrait être d'origine bactérienne.

— C'est exact, dit Laura. Je suis d'ailleurs censée le savoir. Concernant l'argent…

— Cela fait quatre semaines à présent, précisa Andy.

— Vraiment ? dit Mrs Donaldson en feignant la surprise, puis en faisant mine de compter. Oui, vous avez raison : cela fait quatre semaines.

— Nous pouvons vous en régler une, dit Andy en posant une enveloppe sur la table. Mais il nous est impossible de faire mieux pour le moment et nous nous demandions si nous ne pourrions pas aboutir à un accord, concernant le reste de cette somme. En vous proposant… quelque chose à la place, ajouta-t-il en baissant les yeux et en contemplant l'intérieur de sa tasse.

— Vous êtes si bonne avec nous, ajouta Laura. Nous nous sommes demandé si nous ne pourrions pas vous rendre la pareille.

— À la place, insista Andy.

Les pensées de Mrs Donaldson s'étaient naturellement portées vers l'entretien de la maison, le jardinage, voire la peinture et la décoration

— activités pour lesquelles elle n'avait nullement besoin d'aide, encore moins s'agissant d'éponger trois semaines de loyer en retard.

— Nous en avons parlé au lit hier soir, reprit Laura. Et je me suis dit, après vous avoir vu faire vos démonstrations à l'hôpital, que vous aimeriez peut-être…

— Que nous vous fassions nous aussi une petite démonstration, dit Andy. À la place.

Mrs Donaldson ne comprit pas immédiatement où ils voulaient en venir.

— Une démonstration ? dit-elle. Mais de quoi ?

Andy sortit son agenda.

— C'était notre chambre jadis, dit-elle. Lorsque Mr Donaldson était encore de ce monde.

— Elle nous plaît bien, dit Laura.

La scène se déroulait le soir, quelques jours plus tard, et Mrs Donaldson venait de tirer les rideaux avec autant de soin — même si c'était pour un tout autre motif — que sa mère le faisait pendant la guerrc au moment du couvre-feu.

Elle éprouvait encore une certaine difficulté à se remettre de son erreur initiale. Elle avait d'abord cru qu'on lui proposait une sorte de B.A., à la manière des scouts, et non l'activité plus... adulte dont les préparatifs s'achevaient et dont la perspective était du reste loin de l'enchanter. Mais il lui avait paru difficile de repousser la proposition de ces jeunes gens bien intentionnés sans faire preuve d'une forme d'ingratitude à leur égard.

— Avez-vous déjà vu des gens en train de faire l'amour ? lui demanda Laura.

— Pour être tout à fait honnête, répondit Mrs Donaldson en feignant de fouiller dans ses souvenirs, je ne pense pas avoir eu cette opportunité.

— Oh, tant mieux, dit Laura. Nous avions peur que vous ne soyez un peu blasée.

— Ce n'est pas le cas, rassurez-vous, dit Mrs Donaldson. (Si on lui avait donné le choix, elle aurait sans doute préféré qu'ils lui offrent un bouquet de soucis.) Non, ajouta-t-elle, je ne me suis jamais retrouvée dans une telle situation.

— Nous non plus, dit Laura. Bien sûr, il nous est arrivé de faire ça au milieu d'autres gens, comme c'est souvent le cas dans les soirées, mais sans l'avoir prémédité. Sans que cela soit programmé... comment dire...

— De manière officielle ? suggéra Mrs Donaldson.

— Oui, c'est cela : de manière officielle.

— Oh, cela n'aura rien de guindé, dit Andy en pénétrant à son tour dans la chambre vêtu d'un tee-shirt et d'un simple slip, une bouteille d'eau à la main. Nous allons faire ça à la bonne franquette. Mais je ne voudrais pas que vous vous fassiez trop d'idées pour autant. Nous n'allons pas nous lancer dans des prouesses incertaines. Nous nous en tiendrons au bon vieux programme de base, sans le moindre accessoire… extérieur. Ce n'est d'ailleurs pas notre genre, pas vrai, Lol ? Du moins pour l'instant.

— Rien ne presse, en ce qui me concerne, répondit Laura d'une voix ferme. Il sera toujours bien assez tôt, vous ne croyez pas ?

— Oh oui, dit Mrs Donaldson. Chaque chose en son temps.

— Ah, j'ai oublié les bougies, s'exclama Andy avant de ressortir.

— Où voulez-vous vous asseoir ? demanda Laura.

— Cela m'est égal, dit Mrs Donaldson, qui ne cessait de se répéter qu'elle allait prendre son courage à deux mains et mettre un terme à cette aventure. Je peux m'installer ici, si vous voulez.

Elle alla s'asseoir sur le bord d'une chaise, au pied du lit.

— Parfait, dit Laura, qui se retrouva brusquement débarrassée de son chemisier et de son soutien-gorge.

En la voyant ainsi, Mrs Davidson se mit à fouiller dans son sac à main, à la recherche d'un mouchoir.

— Le problème, reprit Laura, c'est que si vous vous mettez là vous aurez les fesses d'Andy sous le nez mais vous n'apercevrez pas grand-chose d'autre. Il vaudrait mieux que vous vous placiez de ce côté.

Elle désignait le tabouret capitonné de chintz disposé devant la coiffeuse où Mrs Donaldson s'asseyait chaque soir pour appliquer sa crème de beauté, du temps où son défunt mari et elle occupaient cette chambre.

— Si vous vous installez ici, reprit Laura, vous nous verrez tous les deux, vous comprenez… Et vous pourrez ainsi mieux suivre l'action.

Elle disparut dans la salle de bains, abandonnant Mrs Donaldson qui s'était assise à côté du lit. Cette dernière percevait (et pouvait presque entendre) son cœur tambouriner dans sa poitrine, plus violemment que cela ne lui était arrivé depuis son adolescence. « La vie… », songea-t-elle.

Andy refit son apparition, ramenant trois bougies qu'il alluma et disposa en divers endroits de la pièce — notamment dans une coupe qu'on leur avait offerte pour leur mariage, nota Mrs Donaldson. Mais elle s'abstint de le lui faire remarquer. Andy éteignit la lumière.

— Ce sera mieux ainsi, commenta-t-il.

Il ôta son tee-shirt mais conserva son slip et s'allongea sur le lit, les mains croisées derrière la nuque.

— C'est extrêmement gentil à vous, dit Mrs Donaldson, qui se demandait en même temps s'ils allaient songer à ôter le couvre-lit.

— Ce n'est pas seulement pour vous, dit Andy. Nous procédons toujours ainsi.

Son regard descendit le long de son ventre plat et s'arrêta sur l'infime morceau d'étoffe qui lui tenait lieu de slip.

— Le pavillon n'est pas encore hissé, je le crains, commenta-t-il. Ce n'est pas que ce soit un problème, mais il me semble que c'est de plus en plus fréquent ces derniers temps. Popaul met du temps à se réveiller.

Laura réapparut à cet instant, toujours sans soutien-gorge mais également débarrassée de sa culotte. C'est-à-dire totalement nue. Mrs Donaldson se moucha tandis que Laura s'allongeait sur le lit, du côté où elle était assise.

— Voilà qui est mieux, dit Andy en soulevant ses fesses puis en relevant les genoux pour se débarrasser de son slip. Vous voyez ce que je veux dire...

Mrs Donaldson lui adressa un sourire aimable, pour saluer cette nouvelle entrée en scène. La main de Laura reposait à présent sur la cuisse droite d'Andy.

— Nous commençons généralement par quelques petites gâteries, expliqua-t-il.

— Ah oui, dit Mrs Donaldson d'un air entendu. Les préliminaires.

Sa première réaction fut de détourner les yeux plutôt que d'observer franchement ce jeune homme totalement nu qui embrassait sa compagne tout aussi dénudée, la main glissée entre ses cuisses. Les yeux baissés, elle considéra un instant le tapis en se demandant s'il n'allait pas être temps de le faire nettoyer.

— Cela vous rappelle des choses ? lui demanda Laura.

Le visage d'Andy était maintenant plongé à l'endroit où se trouvait sa main quelques instants plus tôt.

— Ou-oui, dit Mrs Donaldson.

La vérité, c'est que cela lui rappelait le motif d'un vase qu'elle avait vu au British Museum. De toute façon, Laura ne l'écoutait pas, le corps arqué pour résister à la pression insistante de ce visage.

Certaines des choses que faisait Andy ne figuraient même pas sur les vases du British Museum. Mrs Donaldson se surprit à se pencher en avant et à incliner un peu la tête, afin de comprendre la finalité et la nature exacte des actes auxquels se livrait le jeune homme.

Bien que la plus grande partie de son visage fût enfouie entre les jambes de Laura, Andy surprit du coin de l'œil le regard concentré de leur logeuse et recula obligeamment sa tête en l'appuyant contre la cuisse de sa partenaire, permettant ainsi à Mrs Donaldson de jouir pleinement du spectacle.

Ce geste inattendu provoqua chez Laura une série de cris rauques et saccadés, accompagnés de soubresauts frénétiques. Sans interrompre sa manœuvre, Andy brandit un pouce triomphant à l'intention de Mrs Donaldson avant de se redresser et d'entamer l'acte sexuel proprement dit. Cette intrusion inopinée déclencha chez sa partenaire une nouvelle série de cris encore plus frénétiques.

L'acte sexuel standard était un phénomène vaguement familier à Mrs Donaldson, bien qu'il fût ici pratiqué avec une vigueur et des variations qu'elle n'avait jamais eu l'occasion d'expérimenter en personne.

Le principe de base restait toutefois le même et elle se trouvait sur ce plan au moins en terrain familier, même si elle n'avait pas souvenir que Cyril eût fait preuve d'une telle imagination ni d'un pareil entrain, y compris dans les tout premiers temps de leur mariage. Et alors qu'Andy n'hésitait pas à s'encourager de la voix et à manifester bruyamment son plaisir, Mr Donaldson avait toujours conservé en faisant l'amour (si l'expression était appropriée) une mine impavide et un mutisme absolu.

Et pourtant, songea-t-elle, les gens se comportaient ainsi de nos jours. Même s'ils ne le faisaient pas autrefois, elle en avait la certitude. Pas plus qu'ils ne surveillaient le déroulement des opérations comme elle était en train de le faire, assise auprès du lit sur son tabouret à contempler les ébats des deux amants, tel un arbitre de tennis juché sur sa chaise surveillant les échanges d'une partie particulièrement disputée.

Si la chose dans son ensemble constituait pour elle une véritable découverte, elle comportait tout de même des révélations moins brutales. À un moment donné, alors que Laura était sur le dos, Andy juché sur elle, et qu'ils poussaient presque en chœur des cris haletants, le téléphone portable de la jeune femme se mit à sonner.

Les cris s'interrompirent. Mais tandis que leur étreinte se poursuivait sur le même rythme effréné, Laura tendit le bras et saisit l'appareil.

— Désolé, vous tombez mal, lança-t-elle.

Et les cris reprirent de plus belle.

Mrs Donaldson fut surprise, toutefois, de constater que l'urgence même de l'extase ne tarda pas à refluer. Elle s'émerveillait de la manière dont le corps et le dos du jeune homme ondulaient, dont il plongeait et remontait tel un dauphin dans les vagues de la passion — ainsi que de la souplesse dont ils faisaient preuve l'un et l'autre. Les jambes de Laura étaient à présent en appui sur les épaules d'Andy, sans que leurs corps se soient séparés ni qu'ils aient observé la moindre pause.

Pourtant, assise là et assistant à ce spectacle, elle n'en songeait pas moins qu'elle aurait pu être la mère de l'un de ces jeunes gens (elle aurait été incapable de préciser lequel), appelée à assister en quelque sorte au plein accomplissement de sa progéniture... Une mère douce et compréhensive (mais qu'y avait-il à pardonner là-dedans ?), sachant toutefois que le fait de regarder ces deux corps si étroitement mêlés, et faisant preuve d'une telle imagination, ne relevait pas exactement des compétences maternelles courantes.

Et puis il y avait l'argent. Tout cela s'était déroulé avec une telle facilité qu'elle se demandait s'il s'agissait là d'une première ou si d'autres clients dans le besoin avaient déjà réglé leurs dettes avec une monnaie aussi étrange et d'une manière aussi débridée.

Laura se trouvait maintenant à quatre pattes en travers du lit, son visage frôlant presque celui de Mrs Donaldson. Elles échangèrent un sourire.

— Ah, les hommes..., lui lança Laura avec un

air de conspiratrice, tandis qu'Andy haletait et s'agitait frénétiquement derrière elle.

Mrs Donaldson lui répondit par un sourire compréhensif.

Andy avait-il surpris cet échange et cela l'avait-il contrarié ? Mrs Donaldson ne l'aurait pas juré mais l'attitude du jeune homme se fit tout à coup plus brutale. Il saisit Laura par les cheveux et la tira en arrière, l'obligeant à tourner la tête vers le montant du lit qu'il empoigna ensuite et secoua comme un prunier, heurtant simultanément le mur de la chambre. En même temps il se mit à crier et la fille l'imita, poussant des hurlements croissants, stridents et impatients.

La vie sexuelle des Donaldson avait été pour l'essentiel silencieuse (et n'avait en tout cas jamais endommagé leur mobilier). Cyril émettait parfois un petit grognement, signe qu'il venait d'aboutir lui au moins à une conclusion satisfaisante. Lors des très rares nuits (car cela se passait toujours la nuit) où Mrs Donaldson avait eu l'occasion d'émettre quelques cris, Mr Donaldson avait dû s'interrompre, prétextant que cela le perturbait. La vérité, c'est que sa femme l'embarrassait.

De nos jours, on leur aurait probablement conseillé d'en « parler ouvertement », mais les contraintes qui existent parfois à l'intérieur d'un couple auraient rendu une telle démarche impensable.

Ces deux-là, pour leur part, n'étaient pas le moins du monde embarrassés... Ils poussaient des cris et des hurlements prolongés, qui semblaient toujours s'interrompre *in extremis*, comme s'il avait suffi d'une pichenette pour les faire définitivement basculer.

Mrs Donaldson leur vint involontairement en aide sur ce dernier point : craignant pour la sécurité de sa lampe de chevet (encore un cadeau de mariage), elle immobilisa d'une main ferme le montant du lit, permettant du même coup à Andy d'assurer sa prise comme il le souhaitait et de conclure l'affaire dans un bouquet final assourdissant. Laura mit plus de temps que lui à s'apaiser, elle gémissait encore lorsqu'il se retira pour s'allonger auprès d'elle. Et ils restèrent ainsi côte à côte, haletants et épuisés.

Une fois les opérations terminées, les Donaldson se retiraient chacun de son côté du lit et s'endormaient sans échanger un mot ni hasarder le moindre commentaire. Jusqu'à la fois suivante les choses s'en tenaient là.

Il n'en allait pas de même pour ces deux jeunes gens : s'il est exact qu'un orgasme est une petite mort, ils n'hésitaient pas à en faire l'autopsie en procédant à l'évaluation de la satisfaction et du plaisir qu'ils avaient respectivement éprouvés.

Andy enlaça Laura.

— Ce serait formidable d'avoir une tasse de thé, dit-il.

Heureuse de pouvoir participer à la fête, même à sa modeste échelle, Mrs Donaldson descendit à la cuisine. Attendu le caractère exceptionnel de la situation, en tout cas pour elle, elle mit un napperon sur le plateau, y disposa des tasses plutôt que des mugs et ouvrit un nouveau paquet de biscuits. Mais ses efforts se révélèrent inutiles, jusqu'à un certain point, car le temps qu'elle ait regagné la chambre le couple s'était remis à l'ouvrage, sans préliminaires cette fois-ci ni d'ailleurs beaucoup de subtilités : le jeune homme allait et venait avec détermination et la jeune femme gisait sur le dos, immobile et les yeux clos.

Mrs Donaldson attendit qu'ils aient terminé en sirotant son thé et en grignotant un biscuit au chocolat. Lorsqu'ils aboutirent à une nouvelle conclusion, tout aussi tempétueuse que la première, elle en avait mangé trois et leur thé était froid.

— J'espère que ma présence n'a pas gâché votre plaisir, dit-elle à Andy tandis que le jeune homme enfilait son jean.

— Pas du tout, répondit-il en donnant une petite tape affectueuse sur la hanche de sa logeuse. Au contraire, cela l'a même pimenté.

En repensant à cet épisode — ce qui lui arriva fréquemment au cours des jours suivants — Mrs Donaldson aboutit à la conclusion que le fait d'avoir regardé ces jeunes gens faire l'amour était probablement le plus grand exploit qu'elle ait jamais accompli.

Il est vrai que l'initiative ne venait pas d'elle, qu'elle s'était contentée d'accepter leur proposition — et elle n'était pas sûre qu'un simple acquiescement constitue un exploit. Mais le mariage, par exemple, qui est censé être un haut fait lui aussi, se ramène pourtant à une simple approbation. Même si, après coup, cet exploit ne paraît guère plus méritoire que le fait d'aller s'abriter quelque part au cours d'un orage.

Il y a des gens qui accomplissent plus facilement des exploits que d'autres, se dit-elle. Certains le font même apparemment sans effort. Il fallait qu'elle y mette davantage du sien.

N'ayant jamais eu beaucoup de secrets à partager jusque-là, *a fortiori* de nature aussi intime, Mrs Donaldson fut surprise de constater à quel point elle aurait aimé en parler — ou du moins révéler qu'elle possédait un tel secret. Elle mourait d'envie de raconter à Delia la scène qui s'était déroulée avec ses locataires, tout en sachant qu'il était hors de question qu'elle y fasse seulement allusion. Elle avait assez de jugeote pour se rendre compte que les deux jeunes gens n'avaient probablement guère envie de crier la nouvelle sur les toits, la présence durant leurs ébats d'une femme respectable et d'un certain âge n'étant pas une aventure dont on aime à se vanter. Néanmoins, le fait de détenir un tel secret la mettait de bonne humeur et la protégeait des petites contrariétés qu'elle rencontrait à l'hôpital, du rentre-dedans de Ballantyne ou des rebuffades de sa fille. Si mouvementée qu'ait été cette soirée, elle constituait pour Mrs Donaldson une sorte de refuge, un havre tout à fait à part, un espace qui n'appartenait qu'à elle.

— Qu'est-ce qui vous rend si joyeuse ? lui demanda Delia à la cantine. Vos locataires ont payé leur loyer ?

— D'une certaine façon, répondit Mrs Donaldson. Nous avons remis les compteurs à zéro.

— C'est pour cela que vous vous êtes offert une nouvelle robe ?

— Celle-ci ? dit Mrs Donaldson. Non, je l'ai depuis une éternité. Mais cela faisait des années que je ne l'avais pas mise.

— Et vous êtes allée chez le coiffeur, poursuivit Delia. Sans parler du rouge à lèvres… Franchement, Jane, c'est un virage à cent quatre-vingt degrés.

— Non, non, dit Mrs Donaldson. Vous n'y êtes pas du tout. C'est à cause du travail. Je dois jouer aujourd'hui le rôle d'un travesti.

Parfitt, un jeune étudiant grêle aux cheveux blond-roux, était assis derrière la table sur l'estrade. Mrs Donaldson frappa.

— Entrez, dit Parfitt, qui avait entendu cette réplique à la télé.

— Il conviendrait que vous vous leviez, lui

lança Ballantyne du fond de la salle. C'est ainsi qu'on se comporte lorsqu'on est un gentleman. Et les médecins sont des gentlemen. Ou du moins l'étaient-ils autrefois.

Parfitt offrit une chaise à Mrs Donaldson. Celle-ci s'y assit lourdement, en écartant les jambes et en croisant les bras. Puis elle se moucha dans un vaste chiffon à pois et déclara qu'elle s'appelait Dewhirst.

— Et votre prénom ? s'enquit Parfitt, le stylo en suspens.

— Geoffrey.

— Geoffrey ?

— Oui, dit Dewhirst. Avec un G.

Parfitt fixa le reste de la classe en ouvrant de grands yeux et dans l'espoir que quelqu'un lui vienne en aide. Mais personne ne se manifesta.

— Nous attendons, dit Ballantyne. Le patient n'a pas la journée devant lui.

Parfitt consulta sa fiche.

— Vous vous êtes toujours appelé Geoffrey ? demanda-t-il.

— Oui, dit Dewhirst. Pourquoi ?

— Ce n'est pas un prénom courant, pour une femme.

— Je ne suis pas une femme.

— Oh…, dit Parfitt en sentant le sol se raffermir sous ses pieds. Vous êtes très convaincant.

— Merci.

— Je ne m'en serais jamais douté.

Parfitt avait retrouvé une courtoisie toute professionnelle.

— Est-ce un problème ? reprit-il.

— Pas en ce qui me concerne.

— C'est que… (Parfitt s'interrompit et se frotta les mains.) Je vais devoir aller droit au but.

Quelqu'un s'esclaffa, aussitôt réduit au silence par un regard de Ballantyne.

— Puis-je vous poser une question ?

— C'est vous le médecin.

— Puisque vous avez changé d'apparence et traversé toutes ces épreuves, pourquoi n'avez-vous pas modifié votre prénom ?

— Pourquoi l'aurais-je fait ? dit Dewhirst. Je ne suis pas une femme, je suis un homme.

— Vous ne vous êtes jamais fait opérer ?

— Oh, si.

— Que vous a-t-on fait ?

— On m'a ouvert le ventre. Pour une appendicite.

— Je faisais allusion à votre problème.

— Ce n'est pas un problème.

— Ah… (Parfitt réfléchit un instant.) Ce n'est donc pas à ce sujet que vous êtes venu me voir ?

— Non. Je suis venu à cause de mon genou.

— Votre genou !

Parfitt était aux anges. Il en savait long en matière de genoux. Jamais un genou n'avait été aussi bienvenu.

— Voyons cela, dit-il. De quel genou s'agit-il ?

— C'est inutile, l'interrompit Ballantyne. Ce n'est pas le genou qui nous intéresse aujourd'hui.

Vu les circonstances, il évita de se montrer trop sarcastique.

— Nous avons entendu beaucoup de balivernes, mais la vérité a fini par apparaître au grand jour.

— J'aurais trouvé, dit Parfitt d'un ton plaintif. Le problème, c'est qu'elle n'a vraiment pas l'air d'un homme.

— Ma foi, dit Ballantyne, nous ignorons ce qu'il en est vraiment… Nous devons nous en remettre à ses déclarations.

Parfitt ne comprenait toujours pas.

— Vous voulez dire que j'aurais dû l'examiner ?

— Non, répondit Ballantyne d'un air patient. Vous auriez dû examiner son genou.

Il revint au premier rang et s'assit face à la classe.

— Vous devez vous souvenir qu'à notre époque le sexe d'un patient peut se révéler sujet à caution. Vous pouvez avoir affaire à un travesti, à un transsexuel, voire à un malade en transit, alpagué sur le banc d'un parc. Ce n'est pas votre problème. La manière dont les gens sont habillés, l'allure qu'ils peuvent avoir, ne relèvent pas de la médecine. Vous pouvez être confronté à un patient, homme ou femme, qui pue de la tête aux pieds, ajouta-t-il en souriant à Mrs Donaldson. Cela ne vous concerne pas davantage. Si vous voulez des corps inodores, orientez-vous vers la chirurgie, où l'on prend soin de les laver avant qu'ils n'arrivent jusqu'à vous.

Il s'assit sur le bureau entre Parfitt et le soi-disant Dewhirst, qui se demandait si ce petit numéro ne lui était pas au moins partiellement destiné.

— Rappelez-vous avant tout que vous êtes médecin. Vous n'êtes pas un représentant de la police, ni d'une quelconque religion. Vous devez accepter les gens comme ils se présentent. Souvenez-vous aussi que si vous en savez généralement plus que le patient concernant sa condition physique, c'est tout de même lui le malade. Et que cela lui confère faute de mieux une forme de sagesse. Vous possédez la connaissance mais cela ne vous autorise pas à vous sentir supérieur à lui. La connaissance fait de vous un serviteur, non un maître.

Assis sur le bord du bureau, Ballantyne balançait ses jambes, l'air vaguement penaud. Glissé en fin de journée, et de la part d'un professeur peu enclin à la passion, voire franchement caustique, ce sermon avait quelque chose d'inattendu et même d'assez stimulant pour les étudiants. Il les amenait à réfléchir à leur fonction, plus que Ballantyne ne les y poussait généralement, et leur rappelait — au moins pour certains d'entre eux — que leur travail n'était pas un métier ordinaire, mais relevait avant tout d'une vocation.

Tel n'était pas le cas de Parfitt cependant.

— Dois-je examiner son genou ? demanda-t-il.

Ballantyne poussa un soupir.

— Vous feriez mieux de laisser tranquille le genou de Dewhirst. Il ou elle risque de prendre la mouche et de vous l'expédier dans le menton. Merci, Mrs Donaldson. Encore une interprétation qui vous vaudra une nomination aux Oscars…

— Vous dégotez toujours les meilleurs rôles, se plaignit Delia. J'aurais pu incarner ce personnage à merveille. Mais qu'est-ce qu'on m'a collé à la place ? La dépression endogène…

Comme il lui arrivait fréquemment de repenser à la séance qui avait eu lieu dans la chambre, Mrs Donaldson se demandait parfois si l'audace dont elle avait fait preuve (ne serait-ce qu'en acceptant d'y prendre part) n'était pas en partie liée aux mises en scène de la faculté de médecine. Sans cette expérience, elle aurait probablement été moins réceptive à une proposition qui avait tout de même quelque chose d'un peu scandaleux — bien qu'elle eût été à deux doigts de la décliner, en prétextant que « ce n'était pas son genre ». Mais quel genre de femme était-elle, au bout du compte ? Elle ne le savait plus avec certitude.

Rétrospectivement, elle se rendait compte que les rôles qu'elle avait été amenée à jouer dans le cadre de ces cours, si sommaires soient-ils pour la plupart, avaient constitué une sorte de préparation, de mise en condition pour ce qui l'attendait

— ainsi qu'une initiation involontaire à la franchise (même si cette franchise était feinte et n'avait au bout du compte plus grand-chose de franc). Elle jouait un rôle, aussi bien au travail que chez elle, elle l'admettait volontiers. Elle apprenait à faire semblant, alors qu'auparavant (du temps où son mari était en vie) les rares comédies auxquelles elle avait dû se livrer relevaient de la stricte politesse. En tout cas, jamais elle n'avait jusqu'à présent usé des faux-semblants de manière volontariste, comme on dit de nos jours.

Après la séance sans retenue qui avait eu lieu dans la chambre, il n'était guère surprenant que les deux jeunes gens adoptent un comportement plus détendu en allant et venant dans la maison. Il n'était pas rare en particulier de croiser Andy torse nu, voire vêtu d'un simple caleçon. Et même si Laura se montrait un peu plus discrète, il était évident qu'ils n'éprouvaient ni l'un ni l'autre la moindre inhibition.

Cela ne déplaisait pas à Mrs Donaldson, qui avait l'impression de mener de la sorte une vie de famille bien différente de celle qu'elle avait connue. Mais un beau jour, Gwen débarqua à l'improviste et tomba sur Andy qui préparait des toasts à la cuisine : comme il venait de se lever et s'apprêtait à aller retrouver Laura dans leur lit, il portait en tout et pour tout un simple slip autour des reins.

— Je ne savais plus où me mettre, dit-elle à sa mère. Mais lui semblait trouver la situation tout à fait naturelle. Il a pris ses toasts et sa confiture et m'a saluée d'un air désinvolte avant de remonter dans la chambre. Est-ce qu'elle se comporte comme lui et déambule à moitié nue dans la maison ? Franchement, son slip n'était pas bien large et plutôt du genre moulant. Je croyais qu'ils étaient passés de mode. Notre Justin n'en porte plus pour sa part, il est revenu aux caleçons.

Justin étant à peu près aussi pète-sec que sa mère, Mrs Donaldson préféra éluder la question.

— Ils habitent ici, dit-elle en guise d'excuse.

— Permets-moi de rectifier cette affirmation, dit sa fille. Ils louent une chambre ici. Décidément, cet hôpital ne te réussit pas. Depuis que tu vas là-bas, tu te relâches vraiment…

— Comment ça, je me relâche ?

— Je me demande ce que papa penserait de tout ça. Toi qui étais si timide…

— En tout cas, dit Mrs Donaldson, ils n'écoutent pas de la musique à plein tube — ce qu'on pourrait à bon droit leur reprocher.

— Il me semble, dit Gwen, que tu serais en droit de leur dire qu'ils peuvent faire ce qu'ils veulent dans leur chambre, mais qu'ils doivent être correctement habillés quand ils se promènent dans la maison.

— Tu veux parler d'un code vestimentaire, en quelque sorte ? Mais après tout, ils habitent ici.

— Toi aussi, dit Gwen.

— Ils me tiennent compagnie, dit sa mère.

— Comment pourraient-ils te tenir compagnie ? Ils n'ont que dix-huit ans.

Ils en avaient vingt, en fait, mais Mrs Donaldson estima inutile de rectifier ce dernier point.

En dehors de ce léger relâchement du côté des locataires, la situation n'évolua guère. Et bien évidemment, ce relâchement n'affectait qu'un seul des deux clans en présence : il arrivait à Laura d'émerger de l'escalier en petite tenue, mais ce n'était jamais le cas de Mrs Donaldson. Elle avait instinctivement senti qu'elle ne devait pas se départir d'une attitude assez stricte, adaptée à son âge.

Depuis qu'elle travaillait à la faculté de médecine, les jeunes ne l'intimidaient plus et ne l'intéressaient d'ailleurs pas beaucoup, ses locataires exceptés. Certains étaient séduisants, elle s'en rendait compte, mais comme ils étaient occupés à établir leur diagnostic en la palpant sous toutes les coutures, leur charme s'en trouvait considérablement réduit.

Lorsqu'ils étaient un peu moins tendus (c'est-à-dire lorsque Ballantyne n'était pas dans les parages), ils se montraient plutôt amicaux envers elle, la considérant un peu comme une grand-mère « à la page » (selon son propre vocabulaire) ou particulièrement « cool » (selon le leur), mais sans se départir d'une certaine condescendance. Tout comme les peintres devant leurs modèles, auxquels Gwen l'avait comparée, ils la voyaient sans la voir : elle n'était qu'un simple cadre dans lequel défilait la galerie des symptômes qu'ils devaient détecter.

Le Dr Ballantyne demanda à Mr Maloney d'entrer à son tour dans le tableau.

— Je vous présente Mrs Dickinson. Elle a déjà consulté son généraliste à plusieurs reprises à propos d'un problème récurrent d'eczéma. Les précédentes visites n'ont pas permis d'identifier la cause exacte de ce phénomène. On lui a prescrit les médicaments habituels mais cela n'a pas enrayé les éruptions. Son généraliste se demande à présent s'il n'y aurait pas un facteur psychologique sous-jacent et si l'eczéma ne serait pas le symptôme d'un malaise plus profond. À vous de le découvrir.

Maloney opina avec componction.

— Bonne chasse…

Le Dr Ballantyne posa une main prévenante sur le bras de Mrs Dickinson censé souffrir de démangeaisons, puis se fendit d'un large sourire et les laissa pour passer dans une autre cabine.

— Je déteste ces histoires de troubles mentaux, dit Maloney en posant un pied sur la table. On ne sait jamais à quoi s'en tenir, avec ce genre de choses. Ah, parlez-moi d'une bonne vieille tumeur…

— Je vous demande pardon ? dit Mrs Dickinson.

— Allons, ma belle, vous savez bien à quoi je fais allusion… à toutes ces foutaises psychologiques. Donc, vous souffrez d'eczéma. Cela vient probablement du savon que vous utilisez. Ou de votre lessive. Ou peut-être de votre régime. La cause est généralement physiologique. Mais de nos jours, on se croit obligé de suivre la piste psychologique.

Maloney se destinait à la chirurgie. Tout le reste à ses yeux était une perte de temps. Si encore l'eczéma avait pu s'opérer, le sujet aurait pu l'intéresser.

— Bon, dit-il, reprenons l'affaire au début. Comment l'a-t-elle attrapé ?

— Comment l'ai-je attrapé ? corrigea d'un air pincé la pseudo-patiente.

Maloney poussa un soupir. Il était tombé sur l'une de ces employées besogneuses qui tiennent à faire leur numéro.

— Ne s'agirait-il pas d'un effet secondaire de la ménopause ? reprit-il.

— Je ne pense pas que ma ménopause ait déjà commencé, dit Mrs Dickinson.

— Ah… Vous êtes encore dans le circuit. C'est peut-être la raison ?

— Je ne suis pas « dans le circuit », comme vous dites. Je suis mariée et heureuse en ménage.

— Bravo, vous m'en voyez ravi. Vous fumez ?

— Non. Et les cigarettes ne provoquent pas d'eczéma.

— Je ne l'ignore pas, ma chère. Je me demandais simplement si nous ne pourrions pas nous éclipser cinq minutes pour aller en griller une derrière les poubelles.

— Je souffre, dit Mrs Dickinson. J'ai des démangeaisons, mon dos est tout rouge…

— Ouais, dit Maloney. J'ai une idée: pourquoi ne me donneriez-vous pas tout de suite le bon diagnostic, celui qui figure dans votre dossier… Nous pourrions ainsi tirer un trait sur toute cette affaire. Après tout, même si cette éruption est d'origine mentale, cela ne fera pas une grande différence. Personne ici ne veut se spécialiser en dermatologie, nous le savons bien.

— J'ai une meilleure idée, dit la supposée Mrs Dickinson. Nous pouvons consulter les notes qui se trouvent dans le dossier. Vous me demanderez ensuite comment cet eczéma a commencé.

— Et j'ai dû me farcir tout son numéro, raconta Maloney le soir même au pub. Quelle emmerdeuse… Pourquoi s'implique-t-elle à ce point dans ce boulot? Moi qui avais entendu dire que c'était la plus cool de la bande…

L'échéance du loyer se profilait à nouveau et Mrs Donaldson s'y était préparée. Elle avait d'ores et déjà pris sa décision : si on lui proposait une nouvelle séance, elle feindrait d'abord la réticence — en invoquant ses besoins financiers — avant de capituler et d'accepter les mêmes conditions que précédemment. Le vendredi en question, toutefois, le sujet ne fut pas abordé avant qu'il soit l'heure d'aller se coucher. Mrs Donaldson se trouvait alors à la cuisine en compagnie d'Andy, qui préparait du thé pour Laura.

— Oh, avant que j'oublie..., dit-il en sortant de sa poche une liasse de billets de 20 livres. Je crois que le compte y est.

Ne voulant pas recompter les billets devant lui, Mrs Donaldson se contenta de sourire et les fourra dans son sac à main.

— Nous faisons des progrès, ajouta Andy.

Mrs Donaldson s'éclipsa quelques minutes avant de regagner l'étage. En s'asseyant sur son lit elle eut la nette impression de les entendre rire.

Après s'être démaquillée et avoir enfilé sa chemise de nuit, elle saisit comme il lui était déjà arrivé de le faire l'une des chaises un peu bringuebalantes placées à côté du lit et la cala contre la coiffeuse. Perchée en équilibre sur le siège, une couverture sur les épaules et un édredon autour des jambes, elle colla son oreille au mur.

Quelque part dans un autre quartier de la ville, Ballantyne veillait lui aussi et se repassait en boucle la cassette qu'il avait enregistrée des mois plus tôt sur son caméscope. Chaque fois que Mrs Donaldson apparaissait à l'écran, il mettait l'image sur pause, tout en regrettant de ne pas maîtriser suffisamment la technologie de ces appareils pour être en mesure de l'agrandir. Parfois, Mrs Donaldson fixait l'objectif et il avait l'impression qu'elle le regardait, ce qui était pour lui une maigre compensation. Mais la plupart du temps, il se contentait de la contempler.

L'aventure de Mrs Donaldson l'avait d'une certaine façon requinquée. Même si ses propres charmes n'étaient pas directement impliqués dans la scène dont elle avait été le témoin, le fait d'y avoir assisté (et donc plus ou moins participé) lui donnait l'étrange impression de partager les attraits du couple qui avait fait l'amour devant elle. Elle s'imaginait plus jeune, plus rayonnante, et si ridicule que cela puisse paraître, elle se sentait encore dans le coup.

Mais cela ne dura pas.

Mrs Donaldson n'était pas vaniteuse. Elle n'avait jamais pensé que les gens se retournaient sur son passage, tout en estimant qu'elle était probablement plus séduisante aujourd'hui qu'elle ne l'avait été dans sa jeunesse. Elle n'était pas svelte, elle était même plutôt corpulente, mais elle avait la peau douce et de beaux cheveux bouclés qu'elle entretenait avec soin : il n'était donc guère surprenant qu'elle puisse plaire aux hommes de son âge — ainsi qu'aux femmes, peut-être, mais elle n'avait aucun moyen de le savoir et ne tenait d'ailleurs pas à creuser la question.

Elle n'en avait pas moins cinquante-cinq ans, un âge où il valait mieux éviter de se déshabiller sous les feux des projecteurs et où les salles de bains des hôtels pouvaient se révéler redoutables.

Le fait que ces jeunes gens n'aient pas vu d'inconvénient à l'accueillir dans leur intimité — même si leur motif était strictement économique — avait donc constitué pour elle une étape importante. Toutefois, si elle avait dû participer elle-même à l'action (hypothèse un peu hardie, qu'elle se surprenait à caresser de plus en plus souvent ces derniers temps), elle aurait probablement béni la présence des bougies. Quoi qu'il en soit, cinquante-cinq ans ou pas, cela l'avait rassurée de sentir qu'on ne la trouvait pas tout à fait repoussante.

Néanmoins, la proximité quotidienne de la jeunesse ne tarda pas à venir fissurer cette belle illusion. Un jour où elle était censée souffrir de palpitations et de vertiges périodiques, un étudiant avait été désigné pour l'ausculter. Cela supposait qu'elle se dévête légèrement, ce qui se limitait en fait à défaire un ou deux boutons de son chemisier : l'opération lui était normalement indifférente et ne suscitait aucune réaction de sa part (sauf lorsque son rôle l'impliquait). Mais il s'agissait ce jour-là d'un beau jeune homme, qui défaisait ses boutons avec une aisance témoignant d'une longue pratique… Elle l'observait tandis qu'il écoutait son cœur. Il la regardait lui aussi et elle perçut son infime mais indubitable sursaut, lorsque son oreille effleura la peau de son sein plissée par l'âge — même si, étant un garçon délicat, il eut la présence d'esprit de masquer aussitôt sa répugnance derrière un froncement de sourcils aussi professionnel qu'attentif.

Cela ne trompa pas Mrs Donaldson, qui considérait la scène non pas sous l'angle de la patiente, mais de son propre point de vue. Alors qu'elle aurait elle-même pu ressentir au contact du jeune homme un plaisir infime autant qu'inavoué, en contemplant à présent, à quelques centimètres de son visage, la peau parfaitement lisse et légèrement velue de cette oreille juvénile, elle se sentit flétrie, souillée et dénuée de la moindre valeur.

— Bien, commenta Ballantyne. Mais quelle erreur Mr Adams a-t-il commise ?

Le jeune homme prit soudain une mine déconfite et Mrs Donaldson se sentit rougir. Ballantyne devait avoir perçu le mouvement de recul de l'étudiant et n'allait sans doute pas manquer de souligner la décrépitude physique de sa patiente.

— Alors... Quelle faute a-t-il donc commise en l'examinant ?

Diverses hypothèses furent émises et aussitôt écartées. Ballantyne poussa un soupir.

— Je suis sûr que vous êtes un expert dans l'art de déboutonner les chemisiers, Mr Adams, mais vous devez laisser la patiente s'en charger. À moins bien sûr qu'elle ne soit impotente... ce qui n'est certainement pas le cas de Mrs Donaldson. C'est une chose qu'il faut impérativement éviter.

Le jeune homme acquiesça d'un air contrit.

— À part ça, votre prestation était excellente et, même pour un examen aussi routinier que celui-ci, la dignité de la patiente a été parfaitement préservée. Merci, Mrs Donaldson.

— Quel vieux schnoque prétentieux, commenta Delia à la cantine. Mais il faut bien regarder les choses en face : nous ne sommes plus de la première jeunesse. Mes varices n'ont jamais soulevé le moindre enthousiasme.

— Il me semble que je m'y suis habituée, dit Mrs Donaldson.

— S'y fait-on jamais ?

Autrefois, c'est-à-dire avant qu'elle ne porte ce secret en elle, un tel revers n'aurait pas manqué de la déprimer. Mais à présent, cela ne faisait qu'attiser sa flamme, comme aurait dit Ballantyne, et renforcer sa rancœur à l'égard des jeunes.

Prentice alla s'asseoir derrière la table sur l'estrade. Elle frappa à la porte.

— Entrez, dit Prentice.

Une fois dans la pièce, elle attendit et Prentice se leva.

— Je m'appelle Backhouse, dit-elle, et je viens voir mon mari. Il a fait une chute ce matin et on l'a amené ici par mesure de précaution.

Prentice s'avança en regardant son écritoire.

— Je sais déjà que Mr Backhouse est mort, lança Ballantyne. Ou sur le point de mourir. Pourquoi, à votre avis ? ajouta-t-il à l'intention de la classe.

Une main se leva.

— Il ne l'a pas regardée lorsqu'elle est entrée.

— Exactement, dit Ballantyne.

— Mais, intervint un autre étudiant, cela veut-il dire qu'il aurait dû le faire ? Le fait d'éviter son regard n'est-il pas un moyen de la préparer aux mauvaises nouvelles qui l'attendent ?

— Cela dépend de ce que va nous dire Mrs Backhouse, répondit Ballantyne. Voyons voir...

— On m'a dit qu'il n'était pas ici, dit Mrs Backhouse en regardant le jeune homme. Où se trouve-t-il ?

— Je vais chercher une infirmière, dit Prentice.

— Il n'y a plus une seule infirmière dans les parages, dit Ballantyne. Elles sont toutes allées voir *La Mélodie du bonheur*.

— Asseyez-vous donc, dit Prentice.

— Ah, tout de même…, dit Ballantyne. Je pensais que vous n'alliez jamais le lui proposer.

— Mrs Blackhouse…, commença Prentice.

— Ce n'est pas Blackhouse, mais Backhouse, corrigea Mrs Donaldson.

— Mrs Backhouse, lorsque votre mari a fait cette chute…

— Regardez-la, intervint Ballantyne. Vous savez ce qui est arrivé à son mari. Ne vous cachez pas derrière vos paperasses.

— Lorsque votre mari a fait cette chute… Mrs Backhouse, savez-vous comment fonctionne le cerveau ?

— Mrs Backhouse se fiche du fonctionnement du cerveau, lança Ballantyne. Elle veut savoir ce qui est arrivé à son mari.

— À vrai dire, intervint Mrs Backhouse, je possède quelques notions relatives au cerveau. J'ai travaillé au SAMU de St John.

— Au temps pour moi, dit Ballantyne.

— A-t-il fait une crise cardiaque ?

— Pas exactement, dit Prentice, bien qu'il y ait eu des saignements.

— Je sais, j'ai vu qu'il y avait du sang, c'est pour cela que j'ai appelé une ambulance.

— Nous l'avons placé en soins intensifs mais il est tombé dans le coma…

— Il est mort.

Prentice regarda Ballantyne.

— Une infirmière ne serait pas de trop, dit-il.

— Les infirmières ne sont toujours pas revenues. Elles sont allées manger au *fish and chips* du coin. Vous devez vous débrouiller seul.

— Puis-je vous offrir une tasse de thé ?

Ballantyne émit un grognement.

— Il n'y a pas de thé, dit-il. Il y a eu une panne de courant. La cantine est fermée. Cessez donc de vous dérober ! La tasse de thé, l'infirmière, votre écritoire… On dirait que vous fuyez cette femme. C'est à vous de vous occuper d'elle.

— Si vous souhaitez appeler quelqu'un, reprit Prentice, je peux vous prêter mon portable.

— Elle a le sien, lança Ballantyne.

— Il y a longtemps que vous êtes mariée ? poursuivit Prentice.

— Ce n'est pas pour ergoter, dit Ballantyne, mais étant donné que le type est mort vous devriez dire : « Il y avait longtemps que vous étiez mariée ? »

Dans la classe, quelqu'un émit un gloussement.

Prentice saisit la main de Mrs Backhouse et un autre élève éclata de rire.

— Je ne vois pas ce qu'il y a de drôle, dit Ballantyne. Et vous, gros balourds, pourquoi vous poussez-vous du coude ?

Au fond de la salle un étudiant hilare hocha la tête et tenta de reprendre son sérieux.

— Poursuivez, Prentice.

— Je crois que je vais me contenter de m'asseoir en lui tenant la main et de la laisser parler, dit Prentice. Le problème…

— Eh bien ?

— Que se passe-t-il lorsqu'on a affaire à un homme ? On ne peut pas le prendre par la main…

— Par l'épaule, peut-être ? Bon sang, vous aimez vraiment vous toucher, dans votre génération. Mais évitez les embrassades, pour l'amour de Dieu ! À vous de jauger la situation. Vous êtes des êtres humains — pour la plupart d'entre vous en tout cas… La compassion ne s'apprend pas en classe.

Prentice resta donc assis un moment, à étreindre la main de Mrs Backhouse.

— C'était un salopard, finit-elle par dire.

— Pardon ? dit le jeune homme.

— Mon mari, Mr Backhouse… C'était une ordure.

Dans la classe, quelqu'un poussa un petit cri.

— Vous êtes bouleversée, dit Prentice.

— Non, dit Mrs Backhouse. Je suis affligée, mais je ne suis pas bouleversée.

— Il va vous falloir du temps pour digérer ça.

— Il est mort, dit Mrs Backhouse. Tout cela est digéré depuis longtemps. Vingt-cinq ans de mariage qui s'achèvent. Il est mort.

La compassion n'étant plus de mise, Prentice relâcha sa main.

— Je ne peux pas vous aider, Prentice, lança Ballantyne. À vous d'improviser.

— Avez-vous des enfants ? demanda Prentice.

— Une fille. Il va bien falloir que je l'avertisse.

— Sera-t-elle très affectée ?

— Oh, oui… Fini les petits cadeaux et les déjeuners avec son père adoré. Oui, elle va avoir le cœur brisé.

— Eh bien, dit Prentice, je suis sûr que vous allez surmonter ça.

Il se leva pour mettre un terme à un épisode qui était en train de tourner au vinaigre et lui serra la main d'un geste qui se voulait consolant, même si la compassion s'avérait finalement superflue.

— Si vous voulez bien rester par ici, ajouta-t-il, quelqu'un va vous apporter les formulaires que vous allez devoir remplir.

Sur le point de partir, Prentice se retourna.

— Je me demandais… C'est une simple formalité, mais que faisait Mr Backhouse lorsqu'il est tombé ?

Mrs Backhouse le dévisagea.

— Il ne faisait rien, dit-elle.

— A-t-il glissé ?

— Je ne sais pas. J'étais à l'étage. J'ai entendu le bruit d'une chute, je suis descendue et je l'ai trouvé en travers du sol.

— Les infirmières du SAMU pensaient qu'il était peut-être tombé d'un escabeau.

— Il devait essayer d'attraper quelque chose sur l'étagère du haut. C'était là qu'il planquait ses bouteilles.

— Dans ce cas, dit Prentice en reprenant soudain le contrôle de la situation, il va falloir pratiquer une autopsie. Le coroner va devoir examiner cela de près.

— Le coroner ? dit Mrs Backhouse. Vous voulez dire qu'il va y avoir une enquête ? Mais pourquoi ? Je croyais que 90 % des accidents mortels avaient lieu à la maison.

— C'est effectivement le cas.

Mrs Backhouse retomba sur sa chaise.

— J'étais en haut, dit-elle. Je n'y suis pour rien. (Prentice ne réagit pas.) Puis-je avoir une tasse de thé ?

La performance achevée, on entendit quelques timides applaudissements, ce qui était tout à fait inhabituel. Ballantyne lui-même finit par s'y joindre.

— Très bon travail, Prentice. Et remarquable prestation, Mrs Donaldson. Je ne suis pas certain qu'elle nous ait appris grand-chose sur la manière dont il convient d'annoncer une mauvaise nouvelle ou de consoler les proches d'un défunt, mais cela nous aura au moins rappelé que le deuil et le chagrin ne font pas toujours bon ménage. La compassion fait bien sûr partie de notre panoplie, mais souvenons-nous qu'elle n'est pas forcément bien accueillie et peut parfois tomber à plat. La personne qui est en deuil connaît évidemment le défunt, ce qui n'est pas le cas du médecin. Ce dernier n'est donc pas nécessairement le mieux placé pour lui présenter ses condoléances. Il s'agit certes d'une simple formalité, mais quelqu'un qui souffre sincèrement de la perte d'un être cher peut trouver cette formalité parfaitement déplacée et estimer qu'une marque de chagrin qui ne vient pas du cœur n'est que pure hypocrisie. Les gens ne sont pas tous identiques. Et telle est, ajouta-t-il en regardant sa montre, la véritable leçon que je retire de cette petite mise en scène.

Les étudiants se dispersèrent. Certains adressèrent un sourire à Mrs Donaldson avant de partir.

— Les élèves vous aiment bien, lui dit Ballantyne. Ils trouvent que vous êtes un drôle de numéro.

Et moi aussi je vous aime bien, aurait-il voulu ajouter, mais il ne le fit pas.

— Vous tournez toujours les choses d'une manière tellement inattendue qu'on finirait presque par vous attendre au tournant. Dans le cas précis, je voulais leur apprendre à feindre la compassion, mais vous leur avez montré autre chose.

— Quoi donc ?

— Qu'il est important d'être... honnête serait sans doute exagéré. D'être franc, peut-être.

Quelque chose qui va au-delà de la simple prévenance, en tout cas.

Et il s'éloigna en hochant la tête d'un air perplexe.

La vérité, c'est que Mrs Donaldson n'avait pas prêté une grande attention à la scène qu'elle venait d'interpréter. Elle n'était pas d'humeur à jouer le rôle de la veuve éplorée, ni à mettre à profit sa propre expérience en la matière. Sa fille avait vécu son deuil d'une manière presque grandiloquente, mais elle-même n'avait ressenti qu'une vague indifférence, voire une sorte de froideur : l'attitude insensible de Mrs Backhouse n'était donc pas dénuée de tout fondement. Mais elle n'avait jamais détesté son mari : tout au plus avait-il fini par l'ennuyer. Les bouteilles planquées sur l'étagère n'étaient là que pour corser un peu l'affaire.

De surcroît, Delia lui avait dit juste avant qu'elle avait l'air fatiguée — ce qui n'était guère surprenant, étant donné les séances auxquelles elle s'adonnait tous les soirs, l'oreille collée contre le mur de sa chambre... Se moquer gentiment de Prentice qui essayait de lui manifester sa compassion était une manière de montrer à Delia qu'elle se trompait. Son attitude les avait tous désarçonnés, elle s'en était bien rendu compte, et c'était sans doute pour cela que certains étudiants avaient ri. Ce qui l'avait surprise, en revanche, c'était l'habileté avec laquelle Ballantyne avait réussi à tirer une leçon de ce qui était au départ une simple fantaisie de sa part. Une fois de plus, elle se rendait compte que même s'il ne payait pas de mine, le chef de service pouvait se révéler un brillant professeur et elle aurait aimé pouvoir le lui dire, si elle avait pu éviter les conséquences déplaisantes qui n'auraient pas manqué d'en résulter (« Nous pourrions peut-être déjeuner ensemble ? »).

L'échéance du loyer était revenue et Andy l'avait payée rubis sur l'ongle, avec une telle promptitude que son geste semblait d'abord destiné à écarter la possibilité que la scène de l'autre jour puisse se reproduire. Malgré sa déception, Mrs Donaldson n'en accueillit pas moins cet argent avec satisfaction. Elle était heureuse également que le cadre de leur existence se voie ainsi plus clairement défini. Cela ne l'empêcherait certes pas de poursuivre ses séances d'écoute nocturnes, mais elle savait désormais qu'il était peu probable que l'on fasse de nouveau appel à elle pour assister à ces ébats, quelle que soit leur nature.

Andy avait des examens la semaine suivante et il révisait au rez-de-chaussée ce soir-là, pendant que Laura faisait du repassage. Mrs Donaldson profitait de ces sages occupations pour répéter son rôle du lendemain, avant de reprendre sa garde une fois que les jeunes gens auraient regagné leur chambre. Si frustrante que soit cette situation, il n'était pas désagréable d'avoir ses petites habitudes.

Elle se réveilla en sursaut et s'aperçut qu'elle avait glissé de sa chaise. Il était minuit passé et elle avait froid. Ce fut seulement une fois couchée qu'elle comprit qu'elle avait dû être réveillée par le vacarme qui montait jusqu'à l'étage. Des cris fusaient à présent dans l'escalier et la porte de sa chambre s'ouvrit tout à coup avec fracas. Laura se précipita à l'intérieur et voulut tirer le verrou derrière elle. Mais en entendant son compagnon grimper l'escalier quatre à quatre, elle alla se réfugier d'un air terrorisé au chevet de Mrs Donaldson. Serrant autour d'elle les pans de la chemise du jeune homme, qu'elle avait enfilée, elle s'accroupit derrière le lit comme si elle cherchait à se cacher.

Mrs Donaldson était épouvantée.

— Tout va bien, dit-elle en sortant de son lit pour lui venir en aide. Mais que se passe-t-il donc ?

— Rien, sanglota la jeune femme. J'ai mis l'une de ses chemises…

À cet instant, Andy apparut dans l'encadrement de la porte, vêtu d'un simple jean.

— Sors d'ici, sale conne ! s'exclama-t-il.

— Vous êtes dans ma chambre, intervint faiblement Mrs Donaldson. Ne pourrions-nous pas discuter plus calmement ?

— Non, bordel de merde ! Mais restez donc où vous êtes, je veux que vous assistiez à la scène. Et toi, viens par ici… Non, dans l'autre sens ! Allez !

Il se jeta sur le lit, heurtant au passage le genou déjà endolori de Mrs Donaldson, tandis que la jeune fille s'y hissait à son tour en pleurnichant.

— Arrêtez, dit Mrs Donaldson. Tout cela ne rime à rien.

— Vous allez voir ! lança Andy.

Il accompagna sa réplique d'une violente claque sur le postérieur de la jeune fille, qui se mit à crier.

— Ferme-la, bordel !

La jeune fille hurla de plus belle et Andy plaqua la main sur sa bouche pour étouffer son cri.

Mrs Donaldson se dit qu'il fallait aller chercher de l'aide. Sa première impulsion fut de se précipiter chez les voisins. Ou d'appeler la police. D'arrêter le premier venu dans la rue et de lui demander de venir à toute allure, qu'une jeune fille était sur le point de se faire violer.

Elle se dirigea vers la porte de la chambre.

— Où allez-vous comme ça ? lança Andy. Je vous ai dit de rester.

La fille se mit à gémir et Mrs Donaldson plongea son visage dans ses mains. Lorsqu'elle se risqua à rouvrir les yeux, le jeune homme était déjà en pleine action et chevauchait la jeune femme sur le lit. Au beau milieu de tout ça, le téléphone se mit à sonner et Mrs Donaldson se dit qu'elle était sauvée. Mais, sans s'interrompre pour autant, Andy se pencha et balaya d'un geste brusque le téléphone qui valdingua hors de son socle. Cette violence provoqua des cris redoublés de la part de Laura et Mrs Donaldson se demanda si le viol n'allait pas être le prélude à d'autres actes, plus terribles encore.

Dieu merci, l'action fut de courte durée et s'acheva dans une série de hurlements (du côté d'Andy) et de gémissements de douleur (du côté de Laura). Le jeune homme retomba ensuite sur le dos tandis que la jeune femme sanglotait sur le lit à ses côtés.

Ignorant quelle remarque pouvait convenir après un pareil assaut, Mrs Donaldson demeura muette. Elle tremblait de tous ses membres.

— Eh bien, dit Andy en croisant les mains derrière la nuque. Nous voilà quittes à présent.

— Tu m'as fait mal, dit Laura.

— Et toi alors ? rétorqua Andy. Tu crois peut-être que tu ne m'as pas fait du mal ? J'adorais cette chemise. Je ne vous ai pas bousculée, au moins ?

— Non, mentit Mrs Donaldson.

Elle avait très envie d'une tasse de thé et leur aurait volontiers proposé d'aller en préparer, mais elle redoutait qu'ils ne remettent ça une fois qu'elle serait en bas, comme cela s'était produit la dernière fois.

— Tout de même, dit-elle, vous auriez dû me prévenir.

— Vous prévenir de quoi ?

— Que vous jouiez la comédie.

— Je ne jouais pas la comédie, dit Andy. Et toi ?

— Moi non plus, dit Laura. J'avais une trouille bleue. Et tu m'as vraiment fait mal.

— J'avais un coup dans le nez, dit Andy, mais rien de bien méchant. Et elle méritait une petite correction. Elle a bousillé ma plus belle chemise.

— Je peux vous arranger ça, dit Mrs Donaldson.

— Ah, ça c'est gentil, dit Andy. Pas vrai, Laura ? ajouta-t-il en enlaçant la jeune femme et en lui caressant le cou.

Mrs Donaldson ne fit pas un geste.

Le lendemain, un voisin passa la voir et lui dit qu'il avait entendu des cris chez elle la nuit dernière. Il voulait s'assurer que tout allait bien.

— J'étais à deux doigts de venir sonner, ajouta-t-il, mais il était une heure du matin.

— C'étaient mes étudiants, expliqua Mrs Donaldson. Rien de grave. En tout cas, ils ne mettent pas leur musique à fond, c'est déjà ça. Ils ont ces appareils qu'on se met dans les oreilles à présent.

— Vous êtes sûre qu'il n'y a pas de problème ?

— Mais oui, évidemment.

— Mr Donaldson doit vous manquer…

Mrs Donaldson lui sourit d'un air vaillant.

Gwen eut vent de l'affaire, elle aussi, après avoir croisé une autre voisine à Waitrose. Mrs Donaldson se demanda s'ils n'avaient pas réveillé tout le quartier cette nuit-là.

— Mrs Truman m'a dit qu'elle t'avait appelée et que ça ne répondait pas.

— Le téléphone était débranché.

— Qu'est-ce qu'ils fabriquaient au beau milieu de la nuit ?

— Que font les gens à ton avis au beau milieu de la nuit ?

— Ils étaient en train de baiser ?

— Quelque chose de ce genre. Je suis allée frapper à leur porte et ils se sont aussitôt calmés. Ils sont jeunes.

— C'est ce que tu me répètes à tout bout de champ, dit Gwen. Le garçon n'est pas violent, au moins ?

— Ne sois pas stupide. De toute façon, ajouta Mrs Donaldson pour clouer le bec à sa fille, ils seront bientôt partis.

C'était la vérité. Ils lui avaient annoncé la nouvelle le matin même. Andy venait d'obtenir un poste dans une école d'architecture d'Édimbourg et Laura avait décidé de faire un break d'un an au Malawi.

— J'espère que tu n'en prendras pas d'autres, dit Gwen.

— D'autres quoi ?

— Locataires.

— Je ne sais pas, dit Mrs Donaldson. Je n'ai encore rien décidé.

— Ils vont me manquer, avoua-t-elle à Delia, même si elle aurait été incapable de lui dire précisément pourquoi. Ils m'empêchaient de m'encroûter.

— Prenez-en d'autres, dit Delia. On ne sait jamais.

Elles attendaient le début d'une nouvelle session, où elles devaient jouer le rôle de deux sœurs dont la mère était dans le coma.

— Comment ça, on ne sait jamais ? dit Mrs Donaldson.

— On tombe parfois sur des gens bien.

— Je vais y réfléchir. Ce n'est pas désagréable d'avoir à nouveau la maison pour moi toute seule.

Pas désagréable non plus (même si elle s'abstint de le lui dire) de bénéficier de vraies nuits de sommeil et d'avoir accès à la salle de bains quand bon lui semblait. Moins agréable en revanche de ne rien avoir à épier et de se retrouver comme autrefois, seule dans sa vie étriquée.

— C'est à nous, lança Delia tandis que Partridge faisait son apparition. Prenez une mine éplorée…

Partridge les avait fait venir pour leur demander l'autorisation de débrancher l'appareil qui maintenait leur mère en vie. Celle-ci avait été victime d'un accident de la circulation et se trouvait depuis lors dans le coma.

— On devrait les castrer, lança Delia (dans le rôle de Jackie).

— Qui donc ?

— Tous ces chauffards qui prennent la fuite.

— Qu'est-ce que ça changerait ? demanda Mrs Donaldson (dans celui de Cora).

— Cela me soulagerait.

— Elle traversait toujours n'importe où.

— Personne ne conteste ce point, Cora. Mais le fait est que ce type ne s'est pas arrêté. Il mériterait d'être castré.

— Il n'est pas question de castration pour l'instant, intervint Partridge sans s'émouvoir. Le problème est de savoir si nous débranchons maman ou non.

— Pourquoi l'appelez-vous maman ? s'insurgea

Jackie. Ce n'est pas votre mère. Contentez-vous de l'appeler Mrs Henderson. Du reste, qu'est-ce qui vous dit qu'elle ne va pas reprendre connaissance ? On ne vous donnerait guère plus de quatorze ans et vous ne portez même pas de cravate. Vous pourriez au moins être correctement vêtu pour condamner ainsi les gens à mort.

Partridge lui adressa un regard torve.

— D'ailleurs, poursuivit Jackie, vous n'avez jamais entendu parler de ces patients qui sont restés des années dans le coma et qui reprennent brusquement conscience ?

— On est parfois amené à prendre ce genre de décision, répondit Partridge.

— Pourquoi ne pas laisser les choses en l'état ? Attendons de voir ce qui se passe.

— Il n'y a pas le moindre espoir, dit Partridge. Elle est cliniquement morte.

— Mais elle est toujours en vie, rétorqua Jackie. Et tant qu'il y a de la vie…

— Je suis d'accord pour qu'on la débranche, dit Cora.

— Toi, peut-être, dit Jackie.

Les deux sœurs s'assirent en silence.

— Vous voyez, dit Partridge en s'adressant au

fond de la salle, c'est à ce moment-là qu'une infirmière serait utile.

— Qu'est-ce que vous avez tous à réclamer des infirmières ? s'exclama Ballantyne. Qu'attendez-vous donc d'elles ?

— Une petite touche de féminité ? suggéra Culley.

— Et si l'infirmière est un infirmier ?

— On peut toujours pleurer sur son épaule.

— Avez-vous récemment mis les pieds dans un hôpital ? demanda Ballantyne. Personne ne le reconnaîtra ouvertement, mais la vérité c'est que la plupart des infirmières de nos jours sont totalement nulles en matière de compassion, de réconfort et de présence humaine en général. Elles parviennent à assumer leur rôle sur le plan médical parce que c'est ce qu'on leur a appris, mais dès qu'il s'agit de tenir la main d'un patient, de réconforter un mourant ou un parent éploré — toutes choses que la vie devrait leur avoir enseignées — elles ne sont plus bonnes à rien.

— Mais on leur a bien appris à s'occuper des gens ? intervint Partridge.

— Oh oui. Le problème, c'est que c'est la vie qui aurait dû le leur apprendre. L'expérience. Mais de la même manière que vous êtes trop jeune pour être médecin, elles sont trop jeunes pour exercer ce métier. Les meilleures infirmières sont celles qui ont dépassé la quarantaine — sauf qu'elles ne sont plus infirmières à cet âge, elles ont rejoint le staff administratif. Cessez donc de chercher à tout bout de champ une infirmière : ce que vous voulez, c'est que quelqu'un fasse le sale boulot à votre place. S'il y a de la compassion ou du réconfort à apporter, vous pouvez fort bien vous en charger vous-même. Vous êtes médecin, après tout.

— Je travaille chez un expert-comptable, dit Cora. Est-ce que je me trompe en estimant que le problème est avant tout d'ordre économique ?

— Ma foi…, commença Partridge, soulagé d'avoir enfin affaire à quelqu'un de raisonnable.

— Je vous préviens, intervint Ballantyne, que si vous lui répondez par l'affirmative, l'autre va probablement vous voler dans les plumes. Et c'est vous qu'il faudra ensuite placer sous assistance respiratoire.

— Quels sont ses revenus ? demanda Partridge d'une voix plaintive.

— Elle dépend de nous, répondit Jackie. Enfin, de moi en tout cas.

Partridge poussa un soupir. Son problème n'était pas de savoir qui allait débrancher la machine. Il voulait être médecin légiste. Les corps dont il allait devoir s'occuper seraient déjà morts, de toute façon.

— Considérons le bon côté des choses, dit Cora. Si nous la débranchons, cela libérera une place.

Jackie se mit à pleurer.

Partridge poussa un nouveau soupir.

— Ma foi, dit-il enfin, coupons la poire en deux. Nous aviserons d'ici une quinzaine de jours.

Il serra la main des deux sœurs.

— Match nul, commenta Ballantyne. Mais infirmières ou non, Partridge, souvenez-vous qu'il va falloir faire des progrès pour tout ce qui relève des relations humaines. Pour l'instant, vous n'avez pas marqué le moindre point dans ce domaine. Quant à vous, mesdames, vous perdez votre temps à St Mark. Vous devriez travailler pour la BBC.

Ayant perdu ses locataires, ainsi que les ressources même irrégulières que lui procurait leur loyer, Mrs Donaldson se vit plus ou moins contrainte de se porter volontaire pour des sessions supplémentaires à l'hôpital. Elle prit un jour Ballantyne à part pour lui en parler, à l'heure du déjeuner.

— Dois-je mettre cela sur le compte de mon charme ? lui demanda Ballantyne. À moins que vous ne veniez d'acheter un nouveau frigo ? J'ai bien quelques créneaux à vous proposer, mais rien de très exaltant. Ce sera un plaisir en tout cas de vous voir plus souvent. Voyons, qu'avons-nous de prévu pour demain… Je ne vais tout de même pas vous proposer un saignement rectal… Mais en dehors de ça, je n'ai que des calculs biliaires et ce n'est pas avec ça que vous risquez d'inquiéter Meryl Streep pour le prochain Oscar.

Il lui tendit un dossier.

— À moins bien sûr que vous ne simuliez une attaque, ajouta-t-il.

— Je l'ai déjà fait, dit Mrs Donaldson.

— Absolument, et de manière ô combien mémorable… Vous pourriez avoir des nausées et vomir votre déjeuner, évidemment, mais ne compliquons pas les choses. Tenons-nous-en à ces calculs biliaires.

— La patiente pourrait être sourde ? suggéra Mrs Donaldson.

— Ou lettone ? rétorqua Ballantyne.

— Ou diabétique ? Je connais les symptômes par cœur.

— Formidable.

Après y avoir mûrement réfléchi, Mrs Donaldson avait finalement décidé, loyer ou non, de ne pas remettre sa chambre en location. Fini ces longues nuits, l'oreille collée au mur, fini cette sourde excitation qui la gagnait un vendredi sur quatre, à l'échéance du loyer. Cette expérience avait été une parenthèse dans sa vie par ailleurs respectable et ne devait pas se reproduire : la chose devait garder un caractère exceptionnel — et d'ailleurs, les probabilités pour qu'elle retombe sur des locataires aussi larges d'esprit (et financièrement aussi démunis) qu'Andy et Laura étaient infimes. Non, ce chapitre était définitivement clos. Malgré tous les regrets qu'elle pouvait nourrir, cela avait constitué une trop grande source de tension.

Pourtant, associé de surcroît à la liberté de sa nouvelle vie, l'épisode avait éveillé en elle une sorte de curiosité, si ce n'est de désir, qu'elle était désormais soucieuse d'assouvir. Elle avait entendu dire qu'on trouvait de tout sur Internet. Elle n'y connaissait strictement rien, mais se disait qu'on pouvait sûrement se former quelque part : il y avait des cours pour tout et n'importe quoi de nos jours. Elle se demandait tout de même si ce genre de formations s'étendait au domaine qui l'intéressait — même si elle comptait agir en tout bien tout honneur. Delia saurait probablement la renseigner.

Au terme d'une journée particulièrement fastidieuse (insuffisance thyroïdienne, hernie hiatale et hémorroïdes tenaces), elle était assise dans sa cuisine et buvait tranquillement un verre lorsque la sonnette retentit à l'entrée.

Pensant qu'il s'agissait de Gwen, elle essuya son verre et le rangea dans l'armoire avant d'aller ouvrir, en ayant soin de mettre la chaîne de sûreté.

— Mrs Donaldson ?

— Oui ?

Un jeune couple se tenait sur le seuil.

— Excusez-moi, dit-elle, je croyais que c'était ma fille.

— Non, nous sommes venus pour la chambre.

Le jeune homme était vêtu d'un pardessus léger, d'un jean, d'une chemise et d'une cravate

— détail surprenant, même si elle était étonnamment fine. Il était habillé comme les jeunes qu'elle voyait parfois à la télé. En tout cas, elle avait déjà remarqué ce genre de chapeau, un drôle de feutre noir aux bords étroits, trop petit pour lui d'une bonne taille. Un chanteur célèbre qu'on avait récemment arrêté pour une affaire de drogue portait exactement le même. Quant au jeune homme qui se trouvait devant elle, ce couvre-chef ne l'arrangeait guère et le rajeunissait au lieu de le vieillir, contrairement au but recherché.

La jeune fille était plus ordinaire, vêtue d'un ample cardigan et d'une longue écharpe. Sa seule concession à la mode était un sac à main rose fluo.

— La chambre ? répéta Mrs Donaldson. Quelle chambre ? Il n'y a pas de chambre ici.

Sa décision de ne pas accueillir de nouveaux locataires n'avait pas été facile à prendre, mais confrontée à ce couple mal assorti elle se sentit soulagée et même vaguement euphorique. Non, décidément, ils n'auraient pas fait l'affaire.

— Vous êtes pourtant sur la liste, reprit le jeune homme. Au fait, je m'appelle Ollie — et voici Geraldine. Je suis étudiant aux Beaux-Arts et Geraldine travaille dans un restaurant.

— Biologique, précisa la jeune fille en tendant au garçon la liste des logements.

— Vous voyez, dit Ollie, vous êtes ici.

Il lui montrait son nom du doigt. Ses ongles étaient raisonnablement propres.

— Je leur avais pourtant bien dit de l'enlever, dit Mrs Donaldson.

— Eh bien, ils ne l'ont pas fait, dit Ollie. C'est idiot, nous avons fait le voyage exprès. L'expérience ne s'est donc pas avérée concluante ?

— Je vous demande pardon ? dit Mrs Donaldson.

— C'est ça qui vous a poussée à retirer votre nom de la liste ?

— Oh, non… C'est juste que… J'avais besoin de faire un break, vous comprenez.

— Vous ne voulez pas nous prendre à l'essai ? insista le jeune homme. (La fille esquissa un vague sourire.) Si nous nous entendons bien, vous changerez peut-être d'avis. Nous avons d'ailleurs une bonne référence : nous connaissons Andy. Pas vrai ? ajouta-t-il en se tournant vers la fille.

Celle-ci acquiesça, le nez plongé dans son écharpe.

— Andy ? répéta Mrs Donaldson.

— Votre précédent locataire. Nous sommes

venus les voir lorsqu'ils habitaient ici, mais vous étiez absente ce jour-là.

Cette conversation se déroulait sur le perron. Rassurée par ces allusions, Mrs Donaldson libéra la chaîne de sûreté.

— Vous les avez vus récemment ? demanda-t-elle. Comment vont-ils ?

— Andy est à Édimbourg, dit le jeune homme. Quant à Laura, elle est quelque part en Afrique.

— Au Malawi, dit Mrs Donaldson. Elle m'a envoyé une carte postale. Vous feriez peut-être mieux d'entrer.

Ils se retrouvèrent assis tous les trois autour de la table de la cuisine. Ollie avait gardé son chapeau.

— Vous pouvez nous faire confiance pour le loyer, dit-il. Geraldine travaille dans un restaurant.

— Ce n'est pas le problème, dit Mrs Donaldson.

— Mais avec eux, ce n'était pas le cas… C'est bien ça ?

— Pas le cas de quoi ? demanda Mrs Donaldson, inconsciente de la trappe qui s'ouvrait devant elle.

— On ne pouvait pas leur faire confiance pour le loyer…

— Si, en général, dit Mrs Donaldson. Non, ce n'est pas à cause de ça.

— C'est à cause de nous, alors ? dit le jeune homme en souriant.

On lui aurait donné quatorze ans.

— Vous ? dit Mrs Donaldson. Non, non... ça n'a rien à voir avec vous.

— Ils nous ont dit que vous étiez très compréhensive. (Le jeune homme souriait toujours.) Concernant le loyer, ajouta-t-il.

La jeune fille tripotait son écharpe.

— Pour notre part, reprit le jeune homme, cela ne nous poserait pas le moindre problème. Pas vrai, ma vieille ?

— Non, dit Geraldine en mordillant son écharpe. Pas le moindre.

— Excusez-moi, dit Mrs Donaldson. Je dois m'absenter un instant.

Elle se précipita dans les toilettes et referma la porte, en proie à une brusque et violente nausée.

Elle alla ensuite s'asseoir sur le lit — leur lit... —, et enfouit son visage dans un oreiller.

C'était une chose à laquelle elle n'avait jamais songé — mais qui lui semblait d'une telle évidence, maintenant qu'elle s'y trouvait confrontée.

Si ces deux jeunes gens étaient au courant, cela voulait dire que tout le monde l'était — et le simple fait d'envisager les ramifications de cette affaire lui donnait le tournis. La nouvelle avait dû faire le tour de la fac de médecine. Ce qui n'était pas inopportun, en l'occurrence, puisqu'elle constituait un cas à elle toute seule... Les plaisanteries avaient dû aller bon train. « Figurez-vous que notre logeuse... »

Elle sécha ses larmes et redescendit.

Les deux jeunes gens étaient toujours assis à la cuisine et demeurèrent silencieux.

— Je vais y réfléchir, mentit Mrs Donaldson. Pour l'instant, je ne suis pas en mesure de prendre une décision.

Le jeune homme posa la main sur son bras, tandis qu'ils se levaient pour prendre congé.

— Vous n'aurez pas d'histoires avec nous, lui dit-il. Pas de problème de bruit à cause de la musique ou du reste. (Il lui tendit un bout de papier.) Je vous ai noté mon numéro de portable.

Elle lui sourit d'un air réconfortant, comme s'il y avait eu le moindre espoir.

Ils se retrouvèrent sur le perron. Pour la première fois le jeune homme ôta son chapeau ridicule et le plaqua contre sa poitrine, d'un geste si démodé qu'elle faillit éclater de rire. Dire que sa quête d'un logement avait fait échouer ce personnage pathétique sur le seuil de sa maison...

— J'aime bien votre chapeau, dit-elle.

Il le remit sur sa tête. Derrière lui, un avion traversait le ciel et une femme chantait, quelque part dans les environs.

Mrs Donaldson regagna l'intérieur de la maison et aperçut sur la table le bout de papier sur lequel il avait inscrit son numéro de téléphone. Juste à côté, il avait griffonné un visage souriant surmonté d'un chapeau. À l'étage, elle alla s'allonger sur son ancien lit et se coucha du côté gauche, qu'elle avait toujours occupé.

Nous pourrions abandonner dès à présent Mrs Donaldson, qui semble parvenue au terme d'un récit finalement édifiant. Et les lecteurs qui aiment les histoires dotées d'une morale feraient sans doute mieux de s'arrêter ici, les yeux rivés comme il se doit sur cette chambre de banlieue et ce lit où notre héroïne se désole en songeant à la femme sensible et équilibrée qu'elle était jadis

— et que les gens voyaient en elle — alors que le terme qui lui revient désormais sans cesse à l'esprit est celui de catin, servante concupiscente et dévergondée du plaisir d'autrui…

Elle s'imagine que tout le monde se moque d'elle et la méprise, que le pardon et la compréhension lui sont à présent interdits, que sa banale demeure banlieusarde, sans être à proprement parler devenue un bordel, incarne aux yeux de tous un lieu d'échanges et de commerce érotique.

Ne vaudrait-il pas mieux la laisser se lamenter sur tout ce qu'elle a inconsidérément gâché ?

Le problème, c'est qu'elle ne cesse de se repasser le film fatigué de ses timides exploits, jusqu'à ce que les deux malheureuses scènes dans lesquelles elle figure aient perdu leurs couleurs, leur émotion et leur saveur : et la projection redémarre alors de plus belle. Elle sait précisément à quels moments elle aurait pu s'immiscer dans l'action si elle n'avait pas fait preuve d'une telle timidité, même si son intervention — si importante fût-elle à ses yeux — se serait sans doute limitée au fait de poser la main sur la croupe agitée du jeune homme…

« Il ne m'en aurait pas tenu rigueur, se dit-elle,

et ne s'en serait probablement même pas aperçu. Mais de fil en aiguille, cela aurait pu déboucher sur autre chose… »

Elle aurait également pu prendre la main de Laura et laisser celle-ci la guider pour de plus amples explorations.

Elle revoit aussi tous les préliminaires : le préambule dans la cuisine, les préparatifs à l'étage, les bougies, la scène du déshabillage… La séquence dans son entier lui est devenue si familière qu'elle s'est muée dans son souvenir en une sorte de célébration. Une fois ses locataires partis, c'était grâce à elle qu'elle parvenait le soir à trouver le sommeil. Et même en ce jour fatidique, si consternée soit-elle et honteuse à l'idée de la diffusion qu'a pu connaître cette affaire, elle ne peut se passer de ce rituel.

Mais elle pense aussi à son travail, ce bon vieil analgésique — sauf qu'en ce cas précis cela raviverait plutôt ses douleurs. Elle se souvient de certains incidents qui l'avaient surprise à l'époque : cet éclat de rire inexpliqué, les gloussements dans la classe lorsque Prentice lui avait pris la main, les étudiants qui souriaient sans raison apparente… Si elle avait entendu en son temps la réplique de

Maloney (« Moi qui croyais que c'était la plus cool de la bande »), elle aurait probablement compris. Maintenant en tout cas elle savait.

Le lendemain elle se sentait déjà moins sage, et même vaguement excitée, l'actrice qui sommeillait en elle se réjouissant à l'avance de l'allure inflexible qu'elle allait devoir adopter. La veille, elle s'était sentie dépouillée de son indispensable armure ; mais ce matin, en suspendant son manteau dans son casier, elle se souvint de l'une de ses présentations, où elle incarnait une femme qui avait été défigurée à la suite d'un accident. « Je considère désormais les gens comme si c'étaient eux les blessés », lui avait-on fait dire. Elle n'eut donc aucun mal à prendre une allure décidée.

À ceci près que cela ne se révélait pas franchement nécessaire. Rien ne semblait avoir changé. Si elle était devenue un sujet de plaisanterie, nul ne le laissait paraître. Peut-être Andy et Laura s'étaient-ils finalement montrés plus discrets qu'elle ne l'avait d'abord supposé. Certes, ils avaient raconté l'histoire au jeune homme au chapeau et à sa sinistre copine, mais ceux-ci ne faisaient pas partie de la classe et n'étaient même pas étudiants en médecine. La disgrâce dont elle se croyait victime était peut-être le simple fruit de son imagination.

En regardant l'emploi du temps, Mrs Donaldson se souvint que c'était aujourd'hui qu'elle devait faire équipe avec Miss Beckinsale, dont le grand âge et ses diverses infirmités étaient sans conteste le domaine réservé. Ce privilège remontait à une représentation déjà ancienne au cours de laquelle elle avait incarné une femme atteinte de démence sénile, avec une conviction et un réalisme qui avaient impressionné le Dr Ballantyne. Au fil des années, Miss Beckinsale avait eu à cœur d'élargir son répertoire, se réservant des territoires tels que l'aphasie, l'amnésie, les commotions et autres dysfonctionnements cérébraux : bref, « tous les handicaps de l'esprit », comme elle aimait à dire.

Toutefois, Miss Beckinsale n'était elle-même plus toute jeune et certaines de ses performances témoignaient d'un tel caprice et d'une telle complaisance qu'elles n'étaient plus d'une grande utilité, sous un angle clinique. Il arrivait donc au Dr Ballantyne de faire appel à Mrs Donaldson pour certains troubles cérébraux : la maladie d'Alzheimer au stade préliminaire, deux ou trois cas d'anévrisme, ainsi que le syndrome de la Tourette (dont elle trouvait l'interprétation particulièrement jouissive). Ce dernier rôle avait été proposé à Miss Beckinsale, qui l'avait refusé sous prétexte que cela l'aurait obligée à proférer des obscénités qui n'avaient jamais effleuré ses oreilles (du moins le prétendait-elle). Elle n'avait pas davantage entendu parler de cette maladie et lorsqu'on lui eut expliqué en quoi elle consistait, elle n'était toujours pas convaincue, mettant ces symptômes sur le compte d'un simple manque de maîtrise de soi.

Cette infime amputation de son empire n'avait toutefois pas échappé à la doyenne de la troupe.

— On peut s'attendre à du grabuge, avait dit Delia. Et à des tirs de barrage.

Pourtant, au début du moins, Miss Beckinsale paraissait plutôt détendue, allant jusqu'à passer la main sous le bras de Mrs Donaldson et à lui murmurer : « Bienvenue au royaume de l'esprit… »

Ballantyne s'était attendu lui aussi à quelques remarques acerbes. Mais ne voyant rien venir, il s'était risqué ce jour-là à associer les deux femmes dans un scénario où l'une d'elles incarnait une fille qui cherchait à placer dans un foyer pour personnes âgées sa mère atteinte d'un début de démence.

C'était l'après-midi.

— Vous êtes l'assistante sociale ? demanda Miss Beckinsale.

Mrs Donaldson poussa un soupir.

— Non, Violet. C'est moi, Jane.

Comme il n'y avait pas de public dans la salle, les étudiants n'étant pas encore rentrés du déjeuner, Mrs Donaldson échappa au numéro habituel de Miss Beckinsale.

— Nous n'avons pas encore commencé, Violet, ajouta-t-elle.

Miss Beckinsale ferma les yeux d'un air inspiré.

— Je ne commence pas, dit-elle. Je me concentre. Vous êtes l'assistante sociale.

— Je ne suis pas l'assistante sociale, dit Mrs Donaldson. Je suis votre fille, Lois.

— Vous, ma fille ? Jamais de la vie ! Vous êtes beaucoup trop vieille, pour commencer. Et jamais ma fille ne porterait un cardigan d'une couleur pareille.

C'était une tactique typique de la Beckinsale. Sachant que cela ne pouvait pas se retourner contre elle, elle se livrait depuis les fourrés de sa prétendue démence à un tir de fléchettes perfides à l'encontre de ses collègues, tout en se protégeant derrière le fait qu'elle faisait mine d'avoir perdu l'esprit.

Les étudiants regagnaient la salle à présent. Miss Beckinsale ferma les yeux, comme si elle larguait mentalement les amarres.

L'étudiant de corvée cet après-midi-là s'appelait Metcalf. C'était un jeune homme impassible, qui envisageait la gériatrie sans préjugé défavorable. Il rejoignit les deux femmes sur l'estrade, échangeant une poignée de main avec la prétendue fille de la patiente. Il s'apprêtait à faire de même avec la prétendue patiente mais Miss Beckinsale, qui se concentrait toujours sur son personnage, n'aperçut visiblement pas la main que lui tendait l'étudiant.

Metcalf alla donc s'asseoir derrière la table et prit quelques notes.

— Alors, Miss Murgatroyd…

— *Mrs* Murgatroyd, l'interrompit Mrs Donaldson.

— Excusez-moi, dit Metcalf. Il y a donc un Mr Murgatroyd ?

— Il y en a eu un. Il est mort.

— Elle l'a assassiné, lança sa mère. Elle l'a poussé par la fenêtre.

— D'un cancer de la prostate, précisa la fille.

— Je ne sais même pas comment elle s'appelle, dit la vieille dame.

— Quel est votre prénom, au fait ? demanda Metcalf.

— Lois.

— Pas du tout, dit la mère. Elle s'appelle… (Miss Beckinsale s'interrompit un instant, en quête d'un prénom particulièrement disgracieux.) Ma fille s'appelle Tracy.

— Lois, répéta Mrs Donaldson.

Metcalf prit à nouveau quelques notes.

— Je vais vous poser une ou deux questions afin de déterminer le degré d'assistance que nécessite votre mère. Est-elle incontinente ?

— Quand elle le décide.

— Souille-t-elle ses vêtements ?

— Quand cela lui chante.

— Qu'est-ce qu'elle raconte ? intervint la vieille. Vous feriez mieux de m'interroger moi.

— Je dois tout faire à sa place, dit Lois.

— Ce point est intéressant, intervint Ballantyne du fond de la classe. Lorsque quelqu'un vous déclare « Je dois tout faire à sa place », il vise le plus souvent une activité bien précise.

— Elle n'arrête pas de recevoir des hommes, lança la vieille.

Ballantyne l'ignora.

— Il est également intéressant, poursuivit-il, de constater qu'une fille puisse faire une telle remarque à propos de sa mère âgée alors que, à l'autre bout de la chaîne, jamais une mère ne se plaindra de devoir « tout faire » à la place de son bébé. Pourquoi acceptons-nous sans sourciller l'incontinence des nourrissons alors que nous rechignons devant celle des vieillards ? Vous avez une idée, Culley ?

Culley réfléchit un instant.

— Leur merde sent plus mauvais, dit-il.

Il y eut un éclat de rire général, auquel Ballantyne ne se joignit pas.

— C'est une question sérieuse, dit-il. Mais vous n'avez pas tort. Poursuivons.

Metcalf s'entêtait à poser les questions concernant la mémoire, la mobilité ou le réveil en pleine nuit qu'il avait trouvées dans son manuel, mais cela ne le menait nulle part. Il était évident que la mère et la fille étaient deux horribles mégères.

La mère voulait rester chez elle, la fille ne pouvait plus s'occuper d'elle et préférait qu'elle soit prise en charge par un autre « foyer ». Si au moins elles avaient éprouvé un peu de sentiment l'une pour l'autre, cela aurait pu avoir quelque chose de touchant. Mais c'était loin d'être le cas.

— Est-ce que vous vous entendiez autrefois, votre mère et vous ? reprit-il.

— Nous nous entendons bien, dit la mère. Qu'est-ce qui vous fait croire le contraire ?

— Vous venez de traiter votre fille de chameau.

— C'est ma fille, j'ai le droit de l'appeler comme je l'entends.

Metcalf lança au hasard :

— Quel est le nom du Premier ministre ?

— Je le sais, répondit-elle, mais je ne vous le dirai pas.

— Pouvez-vous soustraire cinq de sept ?

— Pourquoi ferais-je une chose pareille ?

Metcalf se tourna vers sa fille.

— Vous devez savoir, Mrs Murgatroyd, que les personnes âgées s'en sortent généralement mieux dans le cadre familial. Après tout, cette maison appartient à votre mère.

— Pas du tout, intervint la vieille. Cela ressemble peut-être à mon ancienne maison et à la rue où je vivais jadis, mais on fait des miracles en matière de décors de nos jours. Sincèrement, je suis convaincue qu'on m'a déjà placée dans un foyer sans me dire la vérité.

Metcalf nota quelque chose tandis que Lois souriait d'un air entendu.

— La vérité, reprit Miss Beckinsale, c'est qu'elle aimerait bien avoir un locataire.

Toute la classe dressa l'oreille.

Comme leurs notes préparatoires ne comportaient aucune mention concernant d'éventuels locataires, Mrs Donaldson comprit aussitôt que Miss Beckinsale venait d'extraire une nouvelle flèche de son carquois.

— Elle a perdu son mari et maintenant elle voudrait un locataire.

— Je ne veux pas de locataires, dit Lois. D'ailleurs, je ne vois pas où je les logerais.

— Ça dépend où tu passes tes nuits, rétorqua Miss Beckinsale.

Quelqu'un éclata de rire. Mrs Donaldson parcourut la classe des yeux. Un autre étudiant rigolait ouvertement.

— Tout ça pour pouvoir faire la chose, reprit la mère.

— Quelle chose ? demanda Metcalf.

— La chose qu'ils font tous, dit Miss Beckinsale. Les jeunes comme les vieux…

Quelqu'un poussa un petit cri. C'était pourtant un sujet que Miss Beckinsale n'abordait jamais en temps ordinaire.

— Tu veux parler de la chose que tu as dû faire avant de me mettre au monde ? répliqua Lois.

— Ne sois pas dégoûtante. Jamais je n'ai fait ça avec qui que ce soit. Je m'occupais du catéchisme. Mais toi tu l'as fait. Et tu le fais encore.

Suite à cette repartie, elle se mit à donner de grands coups sur la table. Cela non plus n'était pas dans sa manière habituelle. Quelles que soient ses divagations, Miss Beckinsale évitait toujours avec soin les questions sexuelles.

Y prenant visiblement un certain plaisir, elle martela la table de plus belle.

Mrs Donaldson avait toujours une bouteille d'eau dans son sac à main. Profitant de ce remue-ménage, et en se cachant derrière son sac, elle en versa une partie sous la table.

— Et votre mari dans tout ça ? demanda

Metcalf en s'adressant à la vieille. Est-ce que vous vous entendiez avec lui ?

— Posez la question à ma fille.

La flaque d'eau s'étendait en travers du sol. Mrs Donaldson adressa un sourire à Metcalf.

— Je crois que maman a eu une petite fuite, dit-elle.

— Pas du tout, rétorqua Miss Beckinsale. Cela ne m'arrive jamais.

On ne savait plus trop si elle jouait le rôle de la mère ou si elle parlait en son nom propre.

— Elle ne s'en rend même pas compte, dit Lois. Elle a vraiment besoin d'être prise en charge.

— Je vais appeler quelqu'un pour éponger tout ça, dit Metcalf. Une infirmière peut-elle s'en charger ? ajouta-t-il en se tournant vers Ballantyne.

— Absolument, répondit celui-ci. Cela fait partie de ses fonctions.

Tandis que la classe se dispersait et que Miss Beckinsale reprenait ostensiblement « ses esprits », Ballantyne prit à part Mrs Donaldson.

— Excellente prestation, lui dit-il. Pourtant, je ne suis pas certain que nous ayons atteint notre but. Avez-vous trouvé Violet convaincante dans son rôle ? Elle donnait l'impression de rester trop consciente de la situation. Elle ne s'est tout de même pas oubliée pour de bon ?

— Elle ne s'est rendu compte de rien, en tout cas.

— Oh, la pauvre... Elle ne s'en sort pas trop mal, néanmoins. Mais même si mon diagnostic n'est pas très rigoureux, il faut bien avouer que depuis quelque temps elle a une araignée dans le plafond... J'ai remarqué autre chose, ajouta-t-il en posant légèrement la main sur la hanche de Mrs Donaldson (ce que celle-ci ne put que remarquer à son tour) : si impeccables que soient tous ces scénarios, vous prenez un plaisir évident, je dirais presque pervers — et parfaitement étranger à la femme que vous êtes — à vous glisser dans la peau du personnage le plus antipathique : la fille insensible, la veuve indifférente... Les femmes que vous incarnez ont toutes un cœur de pierre.

— Je ne suis pas certaine d'être très douée dans le registre émotif.

— Dans la vie réelle ? risqua Ballantyne. Ou simplement dans notre salle de classe ? Avez-vous toujours de la peine ?

— De la peine ? s'étonna Mrs Donaldson. À quel propos ?

— En raison du départ de Mr Donaldson.

— Oh… Peut-être.

— Peut-être pourrais-je vous inviter à dîner un soir prochain, dit-il sans retirer sa main. Cela vous changerait les idées.

— Eh bien, il y a mis le temps, commenta Delia. J'espère que vous avez accepté son invitation.

Mrs Donaldson l'avait acceptée — et avec d'autant plus de soulagement que, si son escapade avec Andy et Laura était de notoriété publique, cela prouvait au moins qu'elle n'était pas parvenue jusqu'aux oreilles du Dr Ballantyne.

La vérité était pourtant exactement inverse. Ayant demandé à l'une de ses étudiantes si elle avait déjà vu un cadavre et celle-ci lui ayant répondu par la négative (« si j'excepte celui de mon hamster »), Ballantyne l'avait emmenée à la morgue en compagnie de deux autres novices afin de leur présenter certains macchabées fraîchement arrivés. À la suite de quoi, il s'était senti obligé de les inviter tous les trois à boire un verre, en partie pour les requinquer, mais aussi parce qu'une commission d'évaluation se profilait à l'horizon et qu'il avait besoin de redorer son blason auprès du bureau des élèves.

La conversation était restée un peu compassée (« Dites-moi un peu, Rosemary, qu'est-ce qui vous a amenée à vous spécialiser dans le secteur intestinal, qui reste un domaine presque exclusivement masculin ? »), mais la journée avait été sauvée grâce à Nigel, un autre aspirant chirurgien qui croyait que la prostate était un secteur en pleine expansion (« Je plaisante, ah ah ah ! ») et qui, conformément à sa sphère d'élection, s'était lancé d'un air jovial dans le récit de ses prouesses sexuelles. Pendant qu'il se livrait à cet exposé passablement trivial, Lockwood, qui n'avait pas encore desserré les dents et qui pensait lui aussi à cette future commission (redoutant que Ballantyne ne mentionne dans son rapport son peu de talent en matière de relations sociales), avait senti qu'il lui fallait intervenir dans la conversation et avait ainsi rapporté au médecin les rumeurs qui couraient sur le compte de Mrs Donaldson.

Les deux autres étudiants étaient apparemment au courant, même si Rosemary leur déclara qu'elle n'y croyait pas un instant. Mais Nigel affirma que c'était Laura en personne qui lui avait raconté l'histoire. Ballantyne leur répondit que cela ne les regardait pas et s'étonna qu'ils n'aient rien de plus intéressant à raconter. Il marqua ensuite une pause.

— Dites-moi, reprit-il, où avez-vous exactement été mutés dans la nouvelle polyclinique ?

Sans rien dire à ses étudiants (« Mrs Donaldson est professionnelle jusqu'au bout des ongles ») et en refrénant le désir qu'il avait d'en savoir plus, Ballantyne, loin d'être choqué, avait trouvé cette révélation plutôt encourageante. Il avait manifesté l'intérêt qu'il portait à Mrs Donaldson d'une manière maladroite et bien peu engageante, il était le premier à en convenir. Le fait qu'il n'ait pas cherché à pousser les choses plus avant pouvait être mis sur le compte du malaise dans lequel le plongeaient généralement les femmes, mais aussi de sa timidité face à la maîtrise de soi, l'impression de supériorité que dégageait la veuve. À dire la vérité, Mrs Donaldson l'effrayait un peu. Mais à présent ses craintes s'étaient dissipées. Il s'avérait finalement qu'elle ne différait en rien du commun des mortels. Ce pourquoi il s'était cru autorisé à l'inviter à dîner.

Rassurée au sujet de Ballantyne, Mrs Donaldson avait en revanche la certitude que Miss Beckinsale était dans le secret, ainsi que la plupart des personnes présentes, à en juger par les réactions qu'elle avait pu percevoir. Elle posa donc ouvertement la question à Delia, qui n'avait visiblement jamais eu le moindre doute à ce sujet.

— Ce n'est pas juste, lui dit Delia. J'ai dix ans de moins que vous, mais c'est vous qui avez des relations sexuelles avec les étudiants et que le directeur invite à dîner. Pourquoi est-ce que je me débrouille aussi mal ?

— Il ne s'agissait pas de relations sexuelles, dit Mrs Donaldson.

— De quoi s'agissait-il, alors ?

Elle lui raconta donc la chose par le menu, interrompue par leurs fréquents fous rires, et se rendit compte que c'était cela qui lui avait manqué : de pouvoir raconter ce qui s'était passé.

Il est vrai qu'elle édulcora un peu l'histoire et ne fit aucune allusion, par exemple, aux nuits qu'elle avait passées l'oreille collée contre le mur. Mais le fait de raconter cette aventure ne lui ôtait rien de son charme, bien au contraire. Au point qu'en rentrant chez elle, ce soir-là, son premier geste fut de se précipiter à la cuisine et de fouiller dans la poubelle avant d'en exhumer avec soulagement, au milieu des sachets de thé desséchés, des peaux de tomate et des restes de riz froid, le bout de papier roulé en boule qu'Ollie lui avait laissé.

Les nouveaux locataires emménagèrent donc le jour convenu, après avoir réglé d'avance deux semaines de loyer et sans qu'il ait été fait mention d'autres conditions ni d'éventuelles accommodations de la part de l'une ou l'autre des parties en cas de retard de paiement.

En tant que locataires, ils s'avérèrent plus discrets encore qu'Andy et Laura. Ils se montraient rarement à la cuisine, par exemple, et Ollie semblait se nourrir essentiellement de pizzas qu'il rapportait des *take away* du quartier.

Comme il était prévisible, Gwen ne voyait pas cela d'un très bon œil.

— Cette fille desserre-t-elle jamais les dents ? Je suis passée à deux reprises depuis qu'ils sont ici et elle est allée chaque fois se réfugier à l'étage. Le type est un peu plus bavard mais qu'est-ce que c'est que ce chapeau ? On dirait des saltimbanques.

— Ils sont très calmes, répondit sa mère. Je me rends à peine compte de leur présence.

— Ça nous change des précédents… Qu'est-ce qu'il étudie au juste ?

— La mode, me semble-t-il.

— La mode ? Eh bien, tu peux déjà t'estimer heureuse qu'il ne soit pas gay.

— Ce n'est pas une tare, répondit calmement Mrs Donaldson. J'ai tenu le rôle d'un gay un jour à l'hôpital.

Gwen marmonna entre ses dents.

— Pourquoi t'es-tu lancée dans une histoire pareille ? demanda-t-elle.

Pour m'amuser, aurait voulu lui répondre Mrs Donaldson. Ou pour me faire pardonner d'avoir mis au monde une créature aussi coincée que toi.

Et pourtant, même si elle se moquait de ce que pensait sa fille, elle savait que Gwen n'avait pas tout à fait tord.

Qu'est-ce qu'elle fabriquait dans cet hôpital ? Quelle idée avait-elle derrière la tête en hébergeant ces deux gamins ?

C'était inconvenant. Elle avait beau faire la fanfaronne, cela ne lui ressemblait pas. Mais c'était justement pour cela qu'elle le faisait : parce que cela ne lui ressemblait pas.

Sitôt ses locataires installés, Mrs Donaldson ressortit son édredon et reprit ses factions. Elle en était fort mal récompensée, la plupart du temps : aucun son ne filtrait de la chambre voisine et, lorsqu'elle en percevait un, il était si faible qu'elle devait tendre l'oreille pendant cinq bonnes minutes avant de s'apercevoir qu'il s'agissait des battements de son propre cœur. Elle entendait bien de temps à autre un gémissement étouffé qu'elle attribuait à Geraldine, mais il était difficile de savoir s'il était dû au plaisir ou au chagrin. À moins qu'il ne s'agisse d'un simple bâillement d'ennui.

Mrs Donaldson commençait à se demander si l'insinuation d'Ollie, le premier jour, en était véritablement une. Ne l'avait-elle pas mal interprétée ? Ou s'agissait-il d'une simple ruse, une manière de mettre le pied dans la forteresse alors qu'il n'avait pas l'intention de revenir sur le sujet une fois installé chez elle ? Après tout, elle pouvait difficilement faire le premier pas… Et elle avait peu à peu l'impression de passer une fois encore pour une idiote.

Il arrivait pourtant que leurs rencontres soient un peu moins expéditives. Débarquant un soir dans la cuisine, Ollie lui demanda :

— Pourrai-je faire votre portrait un de ces jours ? Bien que je ne connaisse même pas votre prénom…

— C'est Jane, répondit Mrs Donaldson. Si vous voulez… Quand voulez-vous faire ça ? Le portrait, je veux dire…

— Nous pouvons nous y mettre dès à présent, si vous le voulez bien… Jane.

Elle resta donc assise devant la table de la cuisine tandis qu'il exécutait un dessin très ressemblant, ainsi que plusieurs esquisses de format plus réduit, penché sur son ouvrage et tirant la langue comme un petit garçon.

— Une longue tradition veut que les peintres fassent le portrait de leur logeuse. Vous en aviez entendu parler ?

— Non, dit Mrs Donaldson qui n'était pas véritablement enchantée de se voir rangée dans la catégorie des logeuses.

— Mrs Monater par exemple, reprit Ollie tout en continuant de dessiner. C'était la logeuse d'un peintre nommé Harold Gilman. Il s'agissait toutefois d'une très vieille dame.

À cet instant, Geraldine apparut à son tour dans la pièce, mais ressortit aussitôt.

— On va en rester là, de toute façon, dit Ollie. Mais on peut remettre ça un jour prochain.

— Comment voulez-vous que nous procédions ? demanda Ollie.

Il était assis au pied du lit à côté de Geraldine et tenait la main de la jeune fille, qui avait l'air contrariée.

— Je pourrais peut-être vous appeler lorsque nous serons prêts ?

Mrs Donaldson fit demi-tour et s'apprêtait à sortir quand Ollie ajouta :

— Est-ce que vous gardez vos vêtements ?

— Oh… je pense que oui, répondit Mrs Donaldson. Cela facilitera probablement les choses, vous ne croyez pas ?

— C'est ce que je pensais.

Les deux jeunes gens avaient visiblement eu une conversation à ce sujet.

— Cela embêtait un peu Gerry que vous vous mêliez à l'action.

— Moi ? dit Mrs Donaldson. Oh, non… Je suis seulement… (Elle avait failli dire : une sorte de mouche collée au mur, mais cela était trop proche de la vérité.) Je suis une simple observatrice, ajouta-t-elle.

L'ouverture tant attendue s'était produite une heure plus tôt. Les deux jeunes gens avaient passé une bonne partie de la soirée dans leur chambre et en entendant les éclats de voix de Geraldine elle avait cru comprendre que leur conversation était plutôt animée. Ollie avait finalement fait son apparition à la cuisine alors qu'elle était en train de préparer des toasts aux œufs brouillés. Elle lui en avait offert un et proposé un autre pour Geraldine, mais celle-ci était apparemment réfractaire aux œufs.

Tandis qu'elle faisait la vaisselle et qu'Ollie l'aidait à l'essuyer, le jeune homme lança soudain :

— Si nous faisions cela ce soir ? Je sais que nous avons déjà payé le loyer, mais on pourrait considérer ça comme un acompte. C'était bien ainsi que les choses se passaient avec Andy et Laura ?

Mrs Donaldson le lui confirma, sans lui préciser que « les choses » n'avaient eu lieu qu'une fois. Pendant qu'Ollie préparait une tasse de camomille pour Geraldine, elle était donc remontée au premier.

Une fois les deux jeunes gens installés dans

leur lit, Ollie l'appela. Mrs Donaldson pénétra dans la chambre et alla s'asseoir sur le tabouret de la coiffeuse.

Aucun des deux étudiants n'était visiblement pressé d'entamer les opérations. Ollie était adossé au montant du lit, son ventre plat couvert jusqu'au nombril. Quant à Geraldine, elle était carrément enfouie sous les draps : seule sa tête en émergeait, tandis qu'elle fixait Mrs Donaldson d'un air intimidé.

— Comment vont les choses au restaurant ? lui demanda Mrs Donaldson. On n'y sert vraiment que de la nourriture biologique ?

— Tout va bien, répondit Ollie. Oui, tout est biologique. N'est-ce pas, mon amour ?

Geraldine acquiesça.

— Sauf le pain, ajouta-t-elle.

— Sauf le pain, répéta le jeune homme. C'est effectivement du pain complet, mais il n'est pas biologique. À quoi ressemblait Mr Donaldson, votre mari ?

— Ex-mari, chuchota la fille.

— Pourquoi ? demanda le garçon. Ils n'étaient pas divorcés.

— Il est mort, murmura la fille comme s'il s'agissait d'une tare.

— Je sais qu'il est mort, dit Ollie, mais ce n'est pas pour autant son ex-mari.

Il sourit à l'intention de Mrs Donaldson et ajouta plus doucement :

— Désolé... Peut-être n'avez-vous pas très envie de parler de lui.

Mrs Donaldson aurait préféré s'en abstenir en effet, surtout en de telles circonstances, mais elle se contenta de sourire comme si cela ne portait pas à conséquence.

— Combien de temps avez-vous été mariés ?

— Vingt-cinq ans, dit-elle.

Ils avaient en fait dépassé le cap des trente ans.

— Formidable...

Ollie relâcha le drap et la fille utilisa ce supplément d'étoffe pour se couvrir entièrement le visage.

— Gerry est un peu timide, dit-il.

— Ce n'est pas grave, dit Mrs Donaldson. Moi aussi.

— Tu entends ça, Gerry ? Mrs Donaldson est timide, elle aussi.

Il tendit la jambe et effleura du bout du pied

le genou de Mrs Donaldson. C'était un joli pied, songea-t-elle, plus adulte d'apparence que ne l'était son visage : les doigts dénotaient de la force et de la sensibilité — et le petit orteil n'était pas une simple excroissance, contrairement au sien. Elle s'apprêtait à caresser le pied du jeune homme lorsque Geraldine se retourna soudain et enlaça Ollie, écartant du même coup le drap qui les recouvrait.

— Oups ! s'exclama Ollie en plaquant instinctivement la main entre ses cuisses, avant d'éclater de rire. Je ne vois pas pourquoi je fais autant de manières, vu les circonstances, ajouta-t-il en la retirant.

Mrs Donaldson esquissa un sourire et essaya de ne pas avoir l'air trop intéressée, mais elle avait remarqué que le jeune homme était plus excité qu'il ne le laissait paraître.

— À ton tour, dit-il à la fille en rabattant le reste du drap.

Elle cacha son visage contre la poitrine d'Ollie, qui lui tapota le dos en disant :

— Ça va aller, ma belle, ça va aller…

— Vous êtes sûrs de votre décision ? demanda Mrs Donaldson.

Ollie acquiesça d'un air rassurant et se mit à caresser Geraldine de manière plus insistante, embrassant ses épaules et laissant ses mains courir le long de son dos, jusqu'à ses fesses.

— Ça ne vous ennuie pas que nous commencions ? lança-t-il.

Mrs Donaldson secoua la tête. Ollie leva le pouce pour lui signifier que tout allait bien et reporta son attention sur la fille.

— Elle adore ce genre de truc, commenta-t-il.

— Pas du tout, rétorqua Geraldine.

— Tu ne disais pas la même chose hier.

— Tu n'es pas obligé de tout lui décrire en détail.

— Peut-être qu'elle aime ça, au contraire, dit Ollie. Voulez-vous que je vous commente l'action ? Je m'apprête justement à glisser la main entre les cuisses de ma copine.

Celle-ci se mit à hurler, mais Mrs Donaldson constata avec soulagement que c'était de rire.

Alors que Laura avait souri de temps à autre à Mrs Donaldson et lui avait même adressé un clin d'œil complice par-dessus l'épaule d'Andy, Geraldine restait entièrement concentrée sur le travail en cours, visiblement peu désireuse de se livrer à de telles familiarités. Pas une seule fois elle ne regarda sa logeuse et, si Ollie n'y avait pas un peu mis du sien, Mrs Donaldson aurait pu avoir l'impression que sa présence n'était pas véritablement souhaitée. Mais le jeune homme faisait de son mieux pour qu'elle puisse suivre l'action, rabattant délicatement le genou de Geraldine, par exemple, afin que la spectatrice bénéficie d'une meilleure vue d'ensemble de la situation. Et lorsqu'il demanda à la jeune fille de se mettre à quatre pattes, il se pencha vers Mrs Donaldson et lui pressa brièvement la main avant de lancer, sans s'adresser à personne en particulier :

— Ah, c'est vraiment bien.

Lorsque les choses arrivèrent à leur terme, au bout d'un temps qui lui parut interminable, la situation avait toutefois pris un tour un peu moins détendu : Ollie grimaçait d'un air concentré et Geraldine était secouée de sanglots, poussant ces longs gémissements de détresse qu'il était arrivé à Mrs Donaldson de percevoir à travers la cloison.

Une fois l'affaire conclue, Geraldine se précipita à la salle de bains tandis qu'Ollie restait étendu sur le lit.

— Je suis désolé, dit-il. Nous aurions dû prendre un tranquillisant juste avant, elle aurait été moins crispée. Comment avez-vous trouvé ça, de votre côté ? ajouta-t-il en souriant.

— Agréable, répondit poliment Mrs Donaldson. Cela m'a plu, je vous remercie beaucoup.

— Je ne suis pas certain que vous en ayez eu pour votre argent, répliqua le jeune homme. J'aurais souhaité pour ma part un peu plus d'abandon. Ce qui est normalement le cas, vous comprenez, lorsque nous ne sommes que tous les deux.

— C'est compréhensible, dit Mrs Donaldson.

Ollie remonta le drap sur lui.

— Qu'est-ce que ça donnait, demanda-t-il, comparé à la prestation d'Andy et de Laura ?

— Je crois qu'ils l'avaient déjà fait, répondit Mrs Donaldson. Devant quelqu'un d'autre, je veux dire…

— Ah bon ? Pour nous, c'était une première, comme vous l'avez probablement constaté. Nous n'étions pas trop mauvais, tout de même ?

— Oh non, dit Mrs Donaldson. Cela ne manquait pas de charme, au contraire… Ce côté authentique…

— Et comparé à Andy ? Vous voyez ce que je veux dire… concernant l'engin lui-même ?

— Oh, c'est à peu près du même ordre, mentit-elle avant de s'entendre ajouter : Mais il faudrait pouvoir les comparer.

— Nous n'en sommes pas là…

Sur ce, Geraldine revint à point nommé de la salle de bains et Mrs Donaldson leur souhaita bonne nuit avant de regagner sa chambre, plutôt satisfaite d'avoir su faire preuve d'une telle effronterie.

En dehors de ce dernier point, toutefois, elle n'estimait pas que cette session ait été une réussite ni qu'elle ait constitué l'aventure dont elle avait rêvé. Peut-être ces rencontres avaient-elles déjà perdu à ses yeux le charme de la nouveauté.

En se réveillant au petit matin, elle eut l'impression d'entendre la jeune fille pleurer.

Quelques semaines plus tard — rien de notable n'avait eu lieu entre-temps — Mrs Donaldson se rendit à l'hôpital pour une session matinale. Elle travaillait quasiment à plein temps désormais. Mais comme elle avait épuisé le répertoire des symptômes et des cas de figure possibles, son travail préparatoire à la maison lui prenait moins de temps et elle était rarement prise au dépourvu.

Un nouveau semestre avait commencé et, comme il s'agissait des étudiants de première année, Mrs Donaldson ne les connaissait pratiquement pas. De surcroît, Ballantyne n'était pas là pour l'assister, les tout premiers cours de l'année ayant rarement ses faveurs. Certes, l'ignorance des étudiants était pour lui l'occasion d'exercer son art du sarcasme ; mais comme il avait déjà eu tout le loisir de manifester ses talents dans ce domaine, il avait fini par se dire (non sans raison) que ce n'était peut-être pas le côté que Mrs Donaldson préférait en lui. Aussi, faisant preuve d'une retenue qui ne lui était pas si coutumière, il lui arrivait comme aujourd'hui de ne pas assister à ces séances initiales. Cela se révélait d'autant plus facile lorsque les P.P. étaient des praticiens chevronnés — ce qui était justement le cas ce matin-là. Terry était de retour, arborant fièrement sa hernie et son slip orange. Delia souffrait de douleurs dans la poitrine, symptômes avant-coureurs d'une éventuelle crise cardiaque (mais en fait provoquées par une banale indigestion). Mrs Donaldson, enfin, était victime comme cela lui arrivait fréquemment de toute une série de symptômes indéterminés, dus selon elle (elle en avait la certitude) à un cancer insoupçonné.

Elle ne se sentait pas en très grande forme ce matin-là. Elle avait même ressenti des douleurs et pris deux cachets avant de quitter son domicile, mais leur effet commençait à s'estomper. Les cas de Terry puis de Delia ayant été rapidement expédiés, elle se retrouva entre les mains de deux étudiants, allongée sur une civière et vêtue d'une blouse de malade. Elle ne se sentait pas bien du tout et commençait même à avoir sérieusement mal au ventre.

Sans crier gare, elle se mit soudain à trembler de manière incontrôlée et aussi violemment que si elle avait reçu une décharge électrique.

— C'est un cas de « rigidité cadavérique », déclara l'étudiante.

— Comment arrive-t-elle à simuler ça ? demanda son camarade. Regarde : c'est incroyable, elle est tout en sueur…

— Ne t'inquiète pas, dit la fille. Nous sommes visiblement tombés sur la surdouée de la bande. J'ai entendu parler d'elle par un étudiant de troisième année. Eh bien, ma belle, dit-elle en se penchant sur la civière, qu'est-ce qui vous arrive ?

— Je suis malade, dit Mrs Donaldson en claquant des dents. Je n'étais pas bien du tout ce matin. Allez vite chercher de l'aide. Appelez le Dr Ballantyne…

— Chaque chose en son temps. Nous allons d'abord vous examiner.

Le garçon se glissa de l'autre côté.

— Essayez si possible de ne pas trop bouger.

Il posa la main et appuya sur son ventre, ce qui provoqua un hurlement si soudain qu'il retira aussitôt sa main, comme si on l'avait mordu.

— Bon sang… N'en faites pas trop, tout de même !

Mrs Donaldson avait laissé son dossier sur la chaise. Pour en terminer au plus vite, l'étudiante y jeta un coup d'œil afin de savoir ce que cette série de symptômes spectaculaires était censée représenter.

La lumière se fit dans son esprit.

— Ne t'inquiète pas, dit-elle à son camarade, tout cela est psychosomatique. (Et elle ajouta en criant à l'oreille de Mrs Donaldson.) Ne craignez rien ! Vous n'avez pas le cancer !

— J'ai si froid, murmura la patiente. Puis-je avoir une couverture ? Allez chercher des secours…

— Les secours, c'est nous, plaisanta le jeune homme. Elle nous sort visiblement son numéro habituel. Elle a vraiment du talent.

Tremblante, parcourue de frissons et le ventre en feu, Mrs Donaldson se souvint vaguement avoir eu à présenter des symptômes identiques lors d'une séance antérieure. D'un geste faible, elle fit signe à la jeune fille de se pencher.

— Je crois… je crois qu'il s'agit d'une appendicite aiguë, murmura-t-elle.

— Vraiment ? Eh bien, au moins ce n'est pas le cancer.

— Aidez-moi…

— Le temps passe, dit le jeune homme. Je suis censé faire la tournée du service d'ici cinq minutes. Vous pouvez laisser tomber, ma belle, nous avons bien reçu le message. Mon Dieu… voilà qu'elle fait mine de perdre connaissance à présent ! Eh bien, vous allez devoir vous débrouiller toute seule.

Les deux étudiants se dirigèrent vers la porte. Mais avant qu'ils n'aient franchi le seuil, la jeune fille revint sur ses pas et chuchota à l'oreille de Mrs Donaldson, d'ores et déjà inconsciente :

— Ne vous inquiétez pas : ce n'est pas le cancer.

Pénétrant un peu plus tard d'un pas léger dans l'enceinte de l'établissement, Ballantyne tomba sur une Delia affolée : venue chercher son amie pour aller boire un café, elle l'avait trouvée inanimée, abandonnée sur une civière.

— Vous avez été victime de votre réputation, lui dit Ballantyne en allant lui rendre visite le lendemain sur son lit d'hôpital. Mais vous n'aviez pas tort : c'était bien une appendicite. La raideur cadavérique aurait dû les mettre sur la piste, d'autant plus que cela figurait noir sur blanc dans leur manuel. Ils n'ont aucune excuse.

Ballantyne avait déjà dîné à plusieurs reprises avec Mrs Donaldson, mais sans jamais oser la toucher. Ce jour-là, étant donné son état, il se sentit autorisé à lui prendre la main, ne serait-ce qu'à des fins thérapeutiques.

— Je m'en veux, dit-il. J'aurais dû être là. D'un autre côté, ça ne leur fera pas de mal d'avoir été à deux doigts de tuer quelqu'un au début de leur carrière. J'en ai fait le sujet de mon cours ce matin et je leur ai dit…

Comme Ballantyne avait tiré profit de son statut de médecin, Mrs Donaldson tira alors profit de son statut de malade et, feignant l'épuisement, elle ferma les yeux.

— Vous êtes fatiguée, dit Ballantyne en relâchant sa main, non sans réticence, avant d'adopter le jargon habituel des médecins dont il se moquait tant devant ses étudiants : Essayez de vous reposer. Nous ne vous garderons pas ici trop longtemps.

À peine s'était-il éclipsé qu'un visiteur plus stimulant se présenta en la personne d'Ollie, porteur d'un bouquet excentrique qu'il était allé cueillir lui-même dans le jardin et composé de deux pois de senteur, d'un pissenlit, d'une brindille de troène et d'une plume de pigeon. Après l'avoir disposé dans le verre à dents de Mrs Donaldson, il entreprit de le dessiner, assis à l'extrémité du lit. Il lui prit la main, lui aussi : heureusement, il n'était pas accompagné de la lymphatique Geraldine — laquelle, cela va de soi, n'aimait pas trop les hôpitaux.

Ollie voulut voir sa cicatrice et fut très déçu de constater qu'elle était encore recouverte de bandages : sinon, il l'aurait volontiers dessinée elle aussi.

— Ce n'est pas grave, commenta-t-il. Nous

aurons tout le loisir de nous en occuper ultérieurement.

Et il s'éclipsa à son tour, après lui avoir promis de prendre soin de la maison.

Gwen vint elle aussi lui rendre visite. On avait beau lui avoir caché les circonstances exactes de la négligence des étudiants, elle n'en tenta pas moins de convaincre une nouvelle fois sa mère de chercher du travail ailleurs — ou mieux encore, de renoncer à exercer le moindre emploi. Ce discours était entrecoupé d'un torrent de larmes : comme elle ne manqua pas de le lui rappeler, elle n'avait pas remis les pieds dans un hôpital depuis la mort de son père et cette visite était donc particulièrement éprouvante pour elle. Elle expliqua tout cela à sa mère mais déclara ensuite à son mari, qui l'écoutait d'une oreille indifférente :

— Maman avait l'air très fatiguée. Elle a dormi pratiquement tout le temps de ma visite. Je n'ai pas pu m'empêcher de penser qu'elle ne serait pas toujours parmi nous.

De retour chez elle pour une brève convalescence, Mrs Donaldson résista au début à la tentation de reprendre ses écoutes nocturnes. Après leur première et peu convaincante tentative, il semblait peu probable que ce genre de soirée se répète à l'avenir. Cela n'était du reste nullement nécessaire, Ollie lui réglant toujours le loyer rubis sur l'ongle.

Le fait d'avoir flirté avec la mort aurait pu orienter ses pensées vers de plus nobles perspectives, mais tel n'était pas le cas. Ce qui la rebutait, en fait, c'était Geraldine. La réticence de la jeune fille et, de manière plus générale, l'aspect terne et effacé de sa personnalité déplaisaient à Mrs Donaldson, ne serait-ce que parce qu'ils tendaient à prolonger ses veilles nocturnes au-delà du raisonnable. Même s'il lui arrivait de reprendre son poste, elle était désormais moins exigeante sur ce plan. Elle décida même un soir de jeter l'éponge et de partir au beau milieu d'un échange qui semblait devoir s'éterniser. Et comme elle savait que cela se terminerait selon toute vraisemblance par le gémissement lancinant, plaintif et inquiet de la jeune fille, elle se dit qu'elle serait de toute façon mieux dans son lit. D'ailleurs, se sermonna-t-elle, elle venait de subir une opération.

Elle songea que ces aventures qui avaient un moment suscité en elle une excitation presque suffocante étaient à présent devenues une sorte de routine — aussi banale en fait que du temps où Mr Donaldson était en vie et où elle participait elle-même à l'action. Elle n'aimait guère faire ce genre de constat, qui lui semblait un signe avant-coureur de la vieillesse. Et la moralité n'avait rien à voir là-dedans.

Cela signifiait néanmoins que le moindre événement susceptible de la dispenser de son espionnage nocturne était le bienvenu. Aussi, lorsque Geraldine dut se rendre à Halifax au chevet de sa sœur, Mrs Donaldson fut-elle heureuse de pouvoir à nouveau se coucher de bonne heure et profiter des charmes de la lecture.

Plus tôt dans la soirée, le Dr Ballantyne — ou plus exactement Duncan, comme elle l'appelait désormais — l'avait invitée à dîner. Il lui avait parlé de sa vie, de sa carrière, et lorsqu'on en était arrivé au café, il lui avait demandé si elle accepterait de l'épouser.

Elle s'attendait à une telle question et, comme il lui était impossible de répondre sur-le-champ, elle avait préparé sa réplique : elle était certes flattée et reconnaissante, mais cette proposition constituait pour elle une telle surprise qu'elle devait d'abord y réfléchir.

Encouragé par cette réaction ambiguë, mais se souvenant aussi de ce qu'il avait entendu dire au sujet des relations qu'elle entretenait avec ses locataires, Ballantyne franchit un nouveau pas et lui répondit, en posant sa main sur sa cuisse, que cette décision serait peut-être plus facile à prendre s'ils se risquaient à coucher ensemble.

Cette dernière proposition n'était pas inattendue, elle non plus. Sa première ligne de défense consistait à lui rappeler qu'on l'avait récemment opérée de l'appendice et que son abdomen encore douloureux nécessitait d'être traité avec une certaine prudence. Il rejeta cet argument d'un air désinvolte, se lançant dans un exposé interminable sur les capacités de récupération de l'organisme et soulignant par ailleurs qu'en dehors de la pénétration il existait d'autres moyens d'envisager les relations intimes, qui permettaient d'éviter toute pression hasardeuse sur les muscles concernés.

Elle n'avait pas prévu cette dernière repartie mais s'en tira en avançant un argument qu'elle avait utilisé pendant les cours. Elle aurait pu se laisser convaincre, lui dit-elle, si ce jour précis n'avait pas revêtu à ses yeux un caractère particulier : il s'agissait en effet de l'anniversaire du décès de son défunt mari (ce qui était une pure invention). Ne serait-ce que par respect envers Cyril, ne pouvait-on pas différer cette rencontre... Duncan ?

Ce dernier prit ses mains entre les siennes.

— S'il existait quelque chose qui puisse encore accroître le respect que j'ai pour vous, c'est bien cette déclaration, dit-il. Bien entendu, nous attendrons. Nous le devons.

C'était un mensonge sans grandes conséquences, mais après être rentrée chez elle et s'être couchée de bonne heure, elle se dit qu'un tel détail aurait pu la griller, si cette histoire avait été un roman : il suffisait qu'il y fasse allusion devant Gwen pour que la supercherie soit éventée.

Elle pensa également au mariage. Si elle se mariait, cela signifiait qu'elle cédait. Lorsqu'elle avait épousé Mr Donaldson, elle avait déjà dû le faire, même si elle n'avait pas renoncé à grand-chose à l'époque. Si elle épousait le Dr Ballantyne, elle allait de nouveau devoir céder, sauf que cette fois-ci elle aurait beaucoup plus à perdre.

Elle était en train de lire et s'apprêtait à éteindre

la lumière lorsqu'on frappa discrètement à la porte de sa chambre.

C'était Ollie, vêtu d'un simple tee-shirt.

— Je me demandais si vous ne voudriez pas venir un moment, dit-il.

— Mais Geraldine n'est pas là.

— Oui, je sais. Elle a dû se rendre à Halifax, sa sœur est souffrante. Elle y restera sans doute une semaine ou deux.

Il attendit.

— Qu'est-ce que vous en dites ? reprit-il.

— De plus, répondit Mrs Donaldson, vous m'avez déjà payé votre loyer, vendredi dernier.

— Je sais, ce n'était pas très malin de ma part. Alors, qu'est-ce que vous en dites ?

Elle reposa son livre et ôta les lunettes qu'elle mettait pour lire.

— Je ne sais pas trop, dit-elle.

— Ah bon ? Pourquoi ?

— Le fait est que je suis presque arrivée à la fin de ce chapitre. Mais si vous m'accordez quelques instants, j'irai vous rejoindre.

— Vous êtes sûre ?

— Oui, dit Mrs Donaldson en remettant ses lunettes. Cela ne pose pas le moindre problème.

Mrs Forbes reste à l'abri

Comme beaucoup d'hommes dotés d'un physique avantageux, Graham Forbes avait choisi d'épouser une femme moins belle et même légèrement plus âgée que lui.

— Il mérite bien mieux que ça, à mon humble avis, lança sa mère. (Il s'était évidemment gardé de lui annoncer la nouvelle.) Quel gâchis... Je suis sa mère, j'ai du charme : on aurait pu imaginer qu'il épouse une femme dotée des mêmes qualités. Nous avons toujours été si proches...

Elle l'appelait souvent « mon chou », « mon petit homme ».

— Nous n'avions pas de secrets l'un pour l'autre. Du moins le croyais-je.

N'ayant rien à répondre à ça, le père de Graham demeura silencieux.

— Cela m'a fait un choc de découvrir cette annonce dans le journal. Betty... Tu te rends compte ? Qui voudrait d'un prénom pareil ? Margaret ou Joan, à la rigueur... Encore que j'aurais préféré Caroline, si tu veux tout savoir. Mais Betty...

On pouvait néanmoins estimer que Betty et Graham étaient deux prénoms relativement bien associés — aussi peu originaux et caractéristiques l'un que l'autre en tout cas, contrairement à Tessa ou même Rory, qui semblaient vouer leurs possesseurs à un inéluctable destin. Et c'était justement là que le bât blessait. Car la mère de Graham — qui se serait du reste bien gardée de le reconnaître — s'était toujours reproché d'avoir affublé son fils d'un prénom pareil. Au fil des années qui s'étaient succédé depuis sa naissance, ses regrets n'avaient fait que croître, « Graham » perdant inexorablement la noblesse et la distinction qu'elle lui voyait au départ. Elle aurait bien aimé pouvoir s'en débarrasser à présent, comme elle l'avait fait récemment de leur salle à manger en chêne foncé, qui datait de la même époque. Mais s'il existe des brocantes où l'on peut fourguer ce qui a jadis eu nos faveurs, aucun vide-grenier ne nous permet d'éliminer les attributs les plus indésirables — tels qu'un prénom, un parent éloigné ou son propre reflet dans la glace.

— S'il n'y avait que ce prénom, poursuivit la mère de Graham, ce serait un moindre mal. Mais tu as vu son nom de famille : Green... Betty Green. Cela ne me surprendrait pas qu'elle soit juive. J'ai entendu dire que Green était un nom juif.

— Elle s'appelle Greene, intervint le père de Graham. Avec un e muet à la fin, comme le romancier.

Le père de Graham était d'autant plus sensible à cette nuance orthographique qu'il était lui-même passablement muet de nature. D'ailleurs, les gens croyaient souvent que son épouse était veuve. Elle donnait si bien l'impression de savoir se débrouiller seule que la plupart d'entre eux étaient surpris d'apprendre que son mari était encore en vie.

— Je crois qu'il est catholique.

— Qui donc ? demanda la mère de Graham.

— Greene. Le romancier. Cela se sent parfois dans ses livres.

— Oh, dit son épouse. Je n'aimerais pas trop que mon fils épouse une catholique.

Les juifs et les catholiques ne différaient guère à ses yeux. Les premiers avaient des jours de congé qui tombaient n'importe quand et les seconds concevaient leurs enfants d'une manière tout aussi hasardeuse.

— Elle est probablement catholique, dit le père de Graham. Je l'imagine bien en bonne sœur…

L'image paraissait le réjouir, mais sa femme ne voyait pas les choses d'un si bon œil.

— Il est regrettable pour nous qu'elle n'ait pas obéi à une telle vocation. Regardons la vérité en face, Edward. Graham est beau, elle ne l'est pas. Le mariage est censé être une association. Les gens qui sont beaux se marient entre eux et les autres se contentent du reste.

— Tu oublies l'amour, risqua Mr Forbes.

— L'amour… (Mrs Forbes renifla d'un air méprisant.) Bien sûr, il y a l'amour. Elle est amoureuse de lui — qui ne le serait pas ? Mais lui, qu'est-ce qu'il lui trouve ?

— Peut-être est-elle riche ?

— Avec un cardigan troué et la même paire de collants trois jours de suite ? Cela m'étonnerait.

— Ses parents sont morts.

— Ça ne l'empêche pas de donner ses vêtements au pressing. Si au moins elle avait des parents, nous saurions à quoi nous en tenir.

— Elle avait des parents, souligna patiemment Mr Forbes. Tout le monde en a. Il se trouve simplement que les siens sont morts.

— C'est ce qu'elle prétend, rétorqua Mrs Forbes. Ils l'ont sans doute abandonnée à sa naissance au sommet d'une colline, comme dans les contes de fées. Les orphelins ne m'ont jamais inspiré confiance. N'avons-nous pas vu une histoire de ce genre un jour au théâtre ?

— J'imagine que tu fais allusion à *Œdipe*, dit Mr Forbes. Mais cela se passait dans la Grèce antique. Et nous sommes à Alwoodley.

— Dans la Grèce antique ? Les acteurs étaient pourtant en complet-veston. Et le héros conduisait une voiture de sport.

— C'était une adaptation moderne.

— Et il avait un téléphone portable.

Mr Forbes abandonna la partie et se mit lui-même en mode silencieux.

En dépit des soupçons de Mrs Forbes, aucun mystère n'entourait les origines de Betty. C'était une authentique orpheline, ses deux parents étant morts au cours de son adolescence. Elle essayait d'ailleurs de ne pas trop penser à eux, dans la perspective de ce mariage : peut-être auraient-ils apprécié Graham — et ils auraient vraisemblablement adoré son père. Mais s'agissant de sa mère, rien n'était moins sûr.

— Je vais me sentir ridicule le jour du mariage, reprit Mrs Forbes. Quand je pense que j'attends cet événement depuis la naissance de mon fils… Lui qui a toujours fait preuve d'une telle méticulosité… Je l'ai vu passer une demi-heure dans le choix d'une cravate. Ne parlons pas de ses chaussures… Quel gâchis ! Et Dieu sait à quoi ressembleront leurs enfants.

— J'imagine…, avança Mr Forbes.

— Tu imagines quoi ?

— J'imagine qu'ils ont déjà… fait leur devoir.

— Je te demande pardon ?

— Qu'ils se sont envoyés en l'air.

Un silence pesant suivit cette dernière remarque. C'était un vieux sujet de dispute entre eux : la manière dont il convenait de désigner la chose — à supposer que Mr Forbes soit autorisé à y faire allusion.

— Je suppose que tu voulais dire qu'ils ont

« fait l'amour », rétorqua-t-elle. Je préfère ne pas y penser.

— Je suis sûr, ajouta Mr Forbes en s'enhardissant brusquement, qu'elle démarre au quart de tour.

— Au quart de tour ? Edward… Quand aurastu compris que certaines expressions doivent être bannies de ton vocabulaire ?

— Je l'ai entendue dans la bouche de Graham.

— Ce n'est pas la même chose. Graham est jeune, séduisant, il conduit une voiture de sport. Il fréquente le milieu des cadres dirigeants et doit adapter son langage en fonction. Il a le droit d'utiliser des termes tels que « mec », « meuf », « cool », comme les autres jeunes gens de sa génération. Mais toi, tu ne le peux pas. Je t'ai entendu dire « nichons » l'autre jour chez les Maynard. Tu as passé l'âge d'employer ce genre d'expressions.

— À partir de quel âge devient-il indécent de prononcer le mot nichons ?

— Ce n'est pas seulement une affaire d'âge. Il y a des gens qui pourront l'utiliser toute leur vie. Mais toi, tu n'as jamais eu assez de panache.

— Ah bon ? C'est une question de panache à présent ?

— Oui, de panache. De brio. De charme. Toutes les qualités dont Graham est naturellement doté.

Le plus drôle, c'est que même si le père de Graham se montrait moins tatillon quant à l'identité de la personne que son fils avait choisi d'épouser, il aurait largement préféré, comme son épouse, qu'il évite de se marier. Ses motifs étaient toutefois fort différents. Une fois marié, en effet, Graham allait abandonner son père dans la compagnie exclusive de sa mère — perspective qu'il n'était pas sans appréhender et qu'elle était justement en train d'évoquer.

— Une fois que Graham ne sera plus là, nous aurons l'opportunité de nous retrouver et de nous connaître à nouveau un peu mieux. Tu pourras m'initier à cet Internet dans lequel tu es constamment plongé. Après tout, la vie concerne d'abord les vivants.

Mr Forbes, qui venait de se faire une nouvelle copine plutôt dévergondée du côté des îles Samoa, se rendit compte que le petit monde qu'il avait patiemment édifié risquait de s'écrouler du jour au lendemain.

Il referma la porte avec soin et s'installa devant

l'écran de son ordinateur. Autant en profiter tant que c'était encore possible. Et là au moins, il pouvait employer à loisir le mot nichons.

Mr Forbes n'avait pas tort de se demander si Betty était riche. Tel était en effet le cas. Et Graham le savait, étant donné qu'il était conseiller bancaire.

— Il n'est pas conseiller bancaire, corrigeait sa mère. Il travaille dans le monde des affaires.

Il avait rencontré Betty le jour où celle-ci était venue lui demander conseil, après le décès de son père.

— Papa possédait apparemment toute une collection de ces… actions, comme vous dites. Il y en a même qui proviennent du Japon.

— Nous parlons d'opérations boursières, Miss Greene, et non de philatélie. Vous êtes une femme riche. Votre deuil mis à part, vous pouvez vous réjouir.

— Je ne comprends pas, dit Betty, qui comprenait parfaitement mais se disait que cet homme avait décidément de belles mains.

— Voulez-vous que je vous explique la situation ? demanda Graham.

— Si cela ne vous ennuie pas, répondit Betty.

Pour se laisser prendre à ce numéro de fausse ingénue, il fallait être passablement ingénu soi-même.

— Il est tellement honnête, disait sa mère, que je m'en veux parfois.

Il n'était pas nécessaire d'être aux avant-postes du combat pour le droit des femmes pour estimer que la décision de Betty d'épouser Graham était un peu affligeante. Elle n'était pas vraiment folle de lui, même si elle aimait son physique. Mais comme il était lui-même assez épris de sa personne, cela tempérait un peu ses ardeurs. On pouvait néanmoins lui pardonner d'estimer que sa fortune l'autorisait à épouser un homme qui était plus beau qu'elle. En outre, pas plus que sa future belle-mère elle n'aimait son nom de famille : il était temps d'en changer.

Étant donné son physique avantageux, leur association était parfois source d'humiliation pour Graham. Il possédait une voiture de sport, comme il a été dit, et lorsqu'elle était en révision son garage lui prêtait une vieille Ford Escort. Immobilisé aux feux rouges, Graham avait alors douloureusement conscience des regards apitoyés que lui jetaient les autres conducteurs.

Sans doute avait-il droit au même genre de regards lorsqu'il sortait avec Betty, se disait-il, tant la jeune femme avait un physique quelconque. Outre qu'il adorait sa voiture, c'était pour éviter de tels embarras qu'il faisait « sa cour », comme disait sa mère, non seulement de nuit mais de préférence à bord de son véhicule.

Ils étaient garés ce soir-là devant un paysage de rêve.

— Ta mère ne m'aime pas, dit Betty en défaisant la ceinture de son futur époux.

— Cela s'arrangera avec le temps, répondit Graham en se décollant du siège afin qu'elle puisse lui retirer son pantalon. Lorsque nous serons mariés, le mieux serait que nous ayons un compte joint.

— Qu'est-ce que c'est que ça ? demanda la promise.

Elle avait prétendu n'avoir aucune expérience sexuelle. Mais en l'occurrence elle faisait allusion au compte.

— Un simple arrangement, qui t'évitera de me courir après toutes les cinq minutes lorsque tu auras besoin d'argent.

Tu veux plutôt dire l'inverse, songea Betty.

— Je lui fais un petit bisou ? ajouta-t-elle.

— Pour commencer, répondit Graham. Ensuite, tu n'auras qu'à te laisser porter par ton imagination.

Les parents de Betty n'étant plus là pour organiser les choses, ce fut Mrs Forbes qui hérita des préparatifs du mariage — un fardeau qu'elle n'assuma pas sans une certaine réticence, consciente de sa tragique ironie. Elle estimait pourtant qu'une cérémonie à l'église était indispensable, ne serait-ce que pour affirmer au grand jour que la mariée n'était ni juive ni enceinte. Mais le fait que cette cérémonie (qu'elle avait passé une bonne partie de sa vie à attendre) tourne ainsi à l'humiliation publique avait pour elle toutes les apparences d'une punition.

— Je vois d'ici la tête que feront les invités, maugréait-elle devant le miroir de sa coiffeuse.

Un mariage présentait toujours certains risques et se devait d'être réussi. Sans jouir à proprement parler d'une grande popularité, elle n'en possédait pas moins un cercle assez large d'amis du même horizon qu'elle, qui seraient trop heureux d'assister à sa déconfiture. Une larme coula sur son visage enduit de crème de beauté. Assis en pyjama sur le lit, son ordinateur sur les genoux, Mr Forbes ressentit pour elle une brusque bouffée de sympathie, qui se vit d'ailleurs aussitôt repoussée.

— As-tu parlé à Graham ?

— Pas encore.

— Pas encore ? Quel père es-tu donc ?

— J'imagine que nous n'échapperons pas à une cérémonie religieuse ?

Personne ne s'était soucié de poser cette question à la mariée — alors que Betty et jusqu'à un certain point Graham se seraient volontiers contentés d'une cérémonie civile. Mais en songeant à sa mère, ainsi qu'à leurs cadeaux potentiels, Graham s'était dit qu'il pouvait faire un effort, pour une fois.

— Au moins, la mariée ne sera pas en blanc, reprit Mrs Forbes en se glissant dans le lit. Elle a la peau si foncée que les gens l'auraient prise pour une Orientale.

— S'il doit y avoir une cérémonie à l'église, dit Mr Forbes, j'espère qu'on respectera les règles du rituel anglican.

— Quelles autres règles voudrais-tu qu'on applique ? lança Mrs Forbes. Celles du code de la route ?

— Tu ne l'as peut-être pas remarqué, répondit

son mari, mais les offices religieux ont bien changé de nos jours. Pour commencer, on doit échanger une poignée de main avec ses voisins.

— D'après mes souvenirs, dit Mrs Forbes, les voisins n'étaient pas légion pendant les offices. Il n'y avait guère plus de quatre ou cinq personnes dans les travées.

— Il leur faudra se rendre là-bas à deux reprises, à cause des bans, dit le père de Graham. J'espère... (cette fois-ci, il pesa ses mots avec soin)... j'espère qu'ils sont bien au courant des choses de la vie.

— Graham a vingt-trois ans.

— Cela ne découragera pas Canon Mollison.

Le vicaire était âgé. La grande passion de son existence avait été la machine à vapeur et à ses yeux les choses de la vie reposaient essentiellement sur les pistons, la chaudière et la tige d'excentrique — mécanisme indéniablement utile lorsqu'on se rend de Londres à Darlington mais nettement moins efficace, s'agissant de préparer aux vicissitudes du mariage moderne.

Mr Forbes voyait rarement son fils en tête à tête. Ils n'étaient jamais allés boire un verre ensemble, par exemple, ni assister à un match de foot comme les pères et les fils sont censés le faire. Graham était tellement le fils de sa mère que son père avait tendance à le considérer, sinon comme l'espion de cette dernière, du moins comme son ambassadeur itinérant : aussi était-il toujours un peu méfiant en sa présence. Leurs costumes ayant été commandés, Mrs Forbes expédia le père et le fils les récupérer chez Moss Bros. La situation était d'autant plus embarrassante que le tailleur avait estimé qu'ils seraient probablement ravis, vu les circonstances, de partager la même cabine d'essayage.

D'un naturel timide, Mr Forbes avait rarement vu son fils en petite tenue depuis son enfance et s'était encore plus rarement déshabillé devant lui. Les costumes en question attendaient, suspendus à un cintre. Enhardi par la présence de plusieurs grands miroirs, Graham baissa brusquement son pantalon et se retrouva en slip. Mr Forbes fit preuve d'une plus grande circonspection et ce fut seulement après s'être retrouvé en pans de chemise qu'il s'aperçut que son costume avait disparu. Pendant qu'on partait à sa recherche, il alla s'asseoir sur un banc, mal à l'aise et emprunté.

Il avait l'impression d'être énorme, adipeux, et cherchait désespérément à dissimuler les veines saillantes de ses mollets. Cette précaution était du reste tout à fait superflue, car Graham faisait à peine attention à son père, absorbé comme il l'était dans la contemplation de ses multiples reflets et de ce pantalon qu'il estimait trop lâche et au bout du compte peu seyant. Apercevant Graham devant la glace, occupé à déplacer son engin de droite à gauche (et inversement), Mr Forbes se rappela brusquement les consignes de son épouse.

— Ta mère pense que vous devriez aller voir le vicaire, Betty et toi.

— À quoi bon ? répondit Graham en glissant la main dans son pantalon pour essayer une nouvelle fois le côté gauche.

Mr Forbes baissa les yeux et contempla ses pauvres jambes. Il fallait qu'il demande à son fils si sa fiancée et lui avaient déjà fait l'amour. Mais comme Graham était le représentant permanent de sa mère, il employa une tournure plus appropriée :

— Vos fiançailles ont-elles été consommées ?

— À de multiples reprises.

— Ta mère estime que tu n'as pas besoin de le dire au vicaire.

— J'espère qu'il aura le bon goût de ne pas me le demander.

Mr Forbes détourna les yeux tandis que Graham ôtait son pantalon, lui offrant au passage et sans la moindre pudeur une vue imprenable sur son entrejambe. La vérité, c'est que l'acte fatidique n'avait pas encore eu lieu, même s'ils avaient fait tout ce qui était concevable en dehors de ça. Mais Graham n'avait pas plus l'intention de le dire au vicaire qu'à sa mère.

Le costume de Mr Forbes arriva enfin, renforçant du même coup son audace paternelle.

— Si tu te maries à l'église, Graham, le vicaire attend de toi que tu fasses au moins mine de croire en Dieu. Tout le monde sait qu'il s'agit d'une simple formalité. Un peu comme lorsque les hôtesses de l'air expliquent aux passagers les consignes de sécurité. Dieu vit quelque part dans le ciel et ton gilet de sauvetage est situé sous ton siège.

— Je ne vois pas en quoi cela concerne le fait que nous ayons couché ensemble ou non.

— Quand on a l'âge de Canon Mollison, répondit patiemment Mr Forbes, l'un des rares avantages de son métier consiste à écouter les jeunes gens lui raconter leurs expériences sexuelles. Ce qui dans un autre contexte aboutirait sans doute à son arrestation passe dans la sacristie pour une conversation d'ordre spirituel.

— Ce doit être un métier bien déprimant, dit Graham.

Cela ne l'empêchait pas d'être satisfait de son allure. Détachant avec réticence son regard du miroir, il considéra brièvement son père. Oui, lui aussi ferait l'affaire.

En temps voulu, Graham et Betty se rendirent donc à l'église. Les bans furent publiés et ils eurent droit à leur petite séance avec le vicaire. Sitôt sortie de la sacristie, Betty éclata de rire : elle s'était retenue tout le temps qu'ils étaient à l'intérieur. Graham, quant à lui, s'était simplement ennuyé. Mais elle lui fit entrevoir le côté amusant de la situation et Graham, qui n'avait jamais rencontré jusqu'alors de femme douée du sens de l'humour, songea pour la première fois qu'elle allait peut-être lui plaire.

La veille de son mariage, Graham se retrouva au lit avec un jeune homme prénommé Gary (du moins le croyait-il). Gary était plutôt beau garçon, son corps lisse et ferme était parfaitement proportionné. Tout en contemplant son dos silencieux, Graham se dit qu'il ressemblait aux héros de la mythologie grecque.

— Qui ne s'embarrassaient pas de discours, eux non plus, songea-t-il à voix haute.

— Mmm ? marmonna le jeune homme, à moitié endormi.

— Je réfléchissais tout haut, dit Graham.

Ne s'appelait-il pas Trevor, plutôt que Gary ? Graham murmura ce prénom mais n'obtint pas de réponse. Le dos lisse de son partenaire allait et venait au rythme de sa respiration. Certes, la plupart des gens (enfin, des jeunes gens) n'aiment guère révéler leur identité. Dans ce genre de circonstances, on a tendance à laisser son prénom au vestiaire, avec tout le reste.

Gary slash Trevor avait une chaîne en argent autour du cou, au bout de laquelle pendait un médaillon ovale qui se trouvait pour l'instant coincé entre sa poitrine et l'oreiller. Il était vraisemblable, songea Graham, ou à tout le moins possible, que sur cette petite plaque de métal figure le prénom de son propriétaire… Après avoir contourné le plus discrètement possible l'obstacle de ce large dos, il ne tarda pas à entrevoir la courbe du médaillon. Il misait sur le fait que le jeune homme était endormi, car une telle manœuvre n'était pas facile à dissimuler : tripoter la plaque d'identité de son partenaire pouvait difficilement passer pour une pratique amoureuse, même si le fait d'être intrigué par un détail quelconque relatif à sa personne pouvait sans doute être pris comme une forme de compliment.

Graham souleva légèrement la chaîne et la fit doucement glisser autour du cou du jeune homme, écartant au passage une boucle de cheveux dans laquelle elle s'était emmêlée. Même ses oreilles étaient séduisantes — celle qu'il apercevait en tout cas : d'une netteté et d'une épure parfaites, le lobe tapissé d'un très léger duvet… La plaque du médaillon apparut enfin, un peu embuée par la chaleur qui émanait du corps de son propriétaire. De ce côté-ci la plaque était vierge. Graham la retourna.

— Shirley, annonça le jeune homme. Je baise avec elle tous les vendredis.

— Et c'est agréable ? demanda Graham.

— À l'en croire, apparemment.

— Pourquoi le vendredi ? demanda Graham.

— Son mari fait du squash ce jour-là.

Il y eut un instant de silence, tandis que Graham essayait de se représenter Shirley dans les bras du jeune homme.

— Je vois que cette idée te plaît, dit le jeune homme.

— Quelle idée ?

— Shirley et moi.

— Pourquoi ? dit Graham.

— J'ai l'impression que ça te plaît.

— En fait, répondit Graham, j'étais en train de contempler ton dos.

— Oui, je fais de la natation. Caresse-moi les fesses.

Graham obéit à cette injonction, tout en songeant sur un plan plus abstrait qu'il aurait bien aimé se souvenir de son prénom. Il finit par se dire que ce ne serait pas une mauvaise idée de lui faire comprendre qu'il avait lui aussi d'autres fers au feu.

— Je me marie demain matin, dit-il.

— Ding dong, attention au carillon, rétorqua l'hypothétique Trevor.

— Comment le sais-tu ? demanda Graham. Il pourrait s'agir d'un mariage civil.

— Permets-moi de te souhaiter tout le bonheur possible. Mais descends donc un peu plus bas… À la jonction des fesses et des cuisses… C'est l'une des zones érogènes les moins explorées.

L'entendant prononcer le mot érogène, Graham en conclut qu'il ne pouvait décidément pas s'appeler Trevor. Son intérêt commençait à s'émousser.

— En fait, poursuivit le jeune homme, il est fort possible que ce soit moi qui l'aie découverte. Si mon cul était une orchidée, on l'aurait probablement baptisée de mon nom.

Il était difficile après un tel discours de voir en lui le camionneur qu'il prétendait être, transportant du matériel de construction de Rochdale à Penzance.

— Tu t'exprimes avec une certaine aisance, pour un routier…

— Je lis beaucoup sur les aires de repos. Quand tu aperçois des camions garés le long de la route, tu peux être sûr que neuf fois sur dix leurs conducteurs sont plongés dans la lecture. Alors, comment est la mariée ? Jolie ?

— Non, répondit Graham avec sincérité.

— Elle a de gros seins ?

— Non.

— Elle est enceinte ?

— Non.

— Dans ce cas, pourquoi l'épouses-tu ?

— Il y a d'autres critères, répondit Graham d'un air pincé.

— Bien sûr. Non, ne t'arrête pas, j'adore ça… Pour tout te dire, c'est le truc que je préfère.

Graham obtempéra avec lassitude et en profita pour changer de sujet.

— Bel appartement…

— Oui.

— Plutôt chic.

— L'endroit me plaît.

— Et la douche est super.

Ils étaient passés par la salle de bains en arrivant.

— Ça doit te coûter un max ?

— Je m'en sors. Alors, ajouta-t-il, la tête en appui sur son bras, si je comprends bien on ne va pas remettre ça ?

— Je n'en sais rien, dit Graham. Il faut d'abord que je voie comment les choses vont tourner.

Il voulait dire : comment je vais pouvoir me débrouiller. Heureusement, l'écart qui existait entre Betty et lui sur le plan physique lui laissait une certaine marge de manœuvre. De l'eau allait couler sous les ponts avant que la jeune femme n'épuise sa réserve de gratitude. Ce qui n'était que justice.

— Je suppose, vu les circonstances, que c'est ce soir que tu enterres ta vie de garçon ?

— On peut présenter les choses ainsi, répondit Graham. Quel genre de camion conduis-tu ?

— Un assez gros modèle.

— Pas un mastodonte, j'espère ? Je suis pour le respect de l'environnement.

— Ma foi, répondit le propriétaire du fessier au prénom inconnu, notre rôle se limite à transporter les marchandises qu'on nous confie d'un point A à un point B. Demain soir à la même heure je serai à Penzance.

— Contrairement à moi.

— Tu n'es pas obligé de te limiter aux fesses, tu peux t'occuper aussi du reste. C'est ce qu'on fait le plus souvent. Mais j'ai l'impression que tu as l'esprit ailleurs, Toby. L'heureuse élue monopolise visiblement tes pensées.

Tel n'était pourtant pas le cas. Graham était parfaitement concentré sur ce qu'il était en train de faire, il se demandait seulement pourquoi c'était à lui de caresser son partenaire.

— Tout compte fait, reprit le supposé Trevor, je préfère la méthode directe. On dépense davantage d'énergie. C'est le bavardage postcoïtal qui me fatigue. Retourne-toi, je vais te rendre la pareille.

Tandis que Trevor — qui se prénommait en fait Kevin, bien qu'il ait prétendu s'appeler Gary — caressait l'arrière des cuisses de Graham, il se demandait si Toby s'imaginait que leur petite partie de jambes en l'air allait se révéler gratuite. La question n'avait pas été abordée dans les buissons où ils s'étaient rencontrés, mais Kevin (c'est-à-dire Gary) avait l'impression que Toby (c'est-à-dire Graham) se comportait comme s'il lui faisait une faveur et il se demandait comment il allait procéder pour lui faire comprendre qu'il se fourrait le doigt dans l'œil. Toutefois, en caressant la partie inférieure des fesses de son partenaire avec cette douceur qu'il appréciait tant lui-même, il éprouvait l'intense satisfaction de procurer à un autre homme le plaisir qui avait ses faveurs.

— Je n'aime pas ça, dit Graham, ça me chatouille.

Délaissant l'arrière-train chatouilleux de Toby, le jeune homme se retourna sur le dos, les mains croisées derrière la nuque. Ses aisselles étaient de toute beauté, elles aussi, et méritaient largement de figurer au Top 10, songea Graham, même s'il ne voyait pas très bien dans quelle catégorie.

— Aimes-tu ton prénom ? demanda-t-il.

— Tu veux dire Gary ? dit Kevin. Oui, mon prénom me plaît. En fait, ajouta-t-il en se redressant sur un coude et en examinant son corps, tout me plaît chez moi. Mes pieds, mon ventre, mon visage… sans parler de ça… Du reste, je n'ai jamais entendu quiconque émettre la moindre plainte à ce sujet. Et puisque nous abordons cette question, Toby, il serait temps que tu passes à l'action.

— D'accord, Gary, dit Graham. (Maintenant qu'il pouvait mettre un nom sur ce corps allongé auprès du sien, ses ardeurs s'en trouvaient ravivées.) Que veux-tu que je te fasse ?

— À ta guise, Toby, dit Kevin. Au fait… Étant donné les circonstances, le mariage et le reste, c'est la maison qui t'invite aujourd'hui.

Le lendemain, le mariage se déroula sans accrocs. Ayant pu constater avant le jour fatidique la disparité d'allure entre les deux époux, le vicaire déclara qu'il s'agissait d'un mariage chrétien au sens le plus noble du terme.

Seule ombre au tableau : la portion de l'église réservée à la mariée était nettement plus clairsemée, même si une partie des autres invités s'étaient vus contraints d'y prendre place, les bancs réservés au marié se révélant insuffisants. Les membres encore en vie de la famille de Betty étaient déjà très âgés et la plupart d'entre eux avaient hésité à faire le voyage. C'était un peu contrariant, mais la mère de Graham avait fini par se dire que, si la famille de Betty avait débarqué en nombre, ses soupçons concernant les origines sociales de sa belle-fille auraient probablement été confirmés.

Il n'y avait pas de demoiselles d'honneur, les rares amies femmes de Betty ne possédant pas l'équipement nécessaire. Ce qui était une autre source de soulagement, les demoiselles d'honneur se voyant souvent enclines à souligner les défauts de la mariée.

— Ce qui n'aurait pas été très difficile, dans le cas présent, songea Mrs Forbes — ou plus précisément Mrs Forbes senior, puisque tel était désormais son rang.

Quant au témoin et aux garçons d'honneur,

Graham de son côté n'avait eu que l'embarras du choix et cet essaim de fougueux jeunes gens donnait à la cérémonie un petit côté endiablé qui, sans leur présence, lui aurait sans doute fait défaut.

Certains faisaient toutefois preuve d'une émotivité inattendue. Au moment crucial de l'office, on vit le témoin écraser une larme — geste qui échappa à Mrs Forbes, trop occupée à pleurer de son côté. Le plus beau couple à ses yeux était moins celui formé par Graham et sa promise que par Mr Forbes et la mariée. Elle avait en effet délégué son mari pour conduire la jeune femme à l'autel et ils étaient absolument radieux.

Lors de la réception qui s'ensuivit, Betty et sa toute nouvelle belle-mère furent surprises l'une et l'autre de constater que la plupart des amis de Graham dansaient à la perfection, bien que Graham lui-même répugnât à cet exercice : par strict sens du devoir, il entraîna pendant quelques instants sa mère puis Betty sur la piste avant de laisser le terrain libre à ses amis, qui n'hésitaient pas à danser entre eux.

Toutefois, le roi incontesté de la piste était sans conteste Mr Forbes. Il avait toujours été bon danseur, c'était même l'une des raisons pour lesquelles Mrs Forbes avait jadis porté son choix sur lui. Ces derniers temps, il avait rarement l'occasion de révéler ses talents : mais comme il entraînait son épouse à travers la piste dans une valse effrénée, il était évident qu'il n'avait rien perdu de sa dextérité, en dépit des nombreuses coupes de champagne qu'il avait vidées. Ils formaient tous les deux un couple éblouissant.

L'effet était pourtant trompeur. La boisson avait enhardi Mr Forbes, lui rendant brusquement une combativité dont il était le plus souvent démuni, et il mettait à profit la liberté que lui autorisait la danse pour tester les limites de son vocabulaire sexuel :

— Couilles ? lança-t-il ainsi au milieu du fox-trot. Burnes ?

Le regard absent de Mrs Forbes ne permettait pas de supposer qu'elle l'ait entendu et elle ne se départit pas de son sourire figé tandis que son cavalier l'accablait sans vergogne des pires grossièretés :

— Chatte ? Bite ? Cul ?

De loin on aurait dit qu'il lui murmurait des mots tendres à l'oreille et le spectacle n'en était que plus touchant. Lorsque le morceau prit fin, les invités applaudirent à tout rompre. Mr Forbes les remercia en soulevant la main de son épouse, qui accompagna ce geste d'une gracieuse révérence. De sa vie, elle n'avait jamais été aussi furieuse.

Comme ils venaient d'acheter un appartement dans lequel ils avaient hâte de s'installer, les heureux époux avaient renoncé au traditionnel et fastidieux voyage de noces au profit d'un weekend à la campagne dans un hôtel de charme.

Leurs « petites escapades », comme Graham aimait à les désigner, avaient jusqu'alors été aussi débridées qu'agréables, à sa grande surprise, et les voitures y avaient tenu un rôle important — qu'il s'agisse du siège avant ou de la banquette arrière, de son propre véhicule ou du modèle plus spacieux qui appartenait à son père. Et s'ils n'étaient jamais « allés jusqu'au bout » — pour reprendre là encore la terminologie de Graham — cela tenait en partie au fait qu'il était un peu vieux jeu (du moins concernant le sexe faible) mais aussi parce qu'il n'avait encore jamais pratiqué la moindre pénétration, y compris avec ses partenaires du même sexe, et préférait différer le plus possible un tel passage à l'acte.

En dehors de ça, il paraîtra peut-être étrange, étant donné ses penchants sexuels, que Graham n'ait jamais éprouvé d'inquiétude concernant la dimension charnelle de cette nouvelle union. Mais c'est oublier à quel point il était amoureux de sa propre personne. Et il est de fait qu'un miroir — un véritable miroir, s'entend — lui était toujours d'un grand secours. Il ne se déplaçait d'ailleurs jamais sans emporter mentalement le sien. Nul autre que lui ne le voyait, évidemment, mais sans son invisible présence il aurait été fort démuni. Tandis qu'avec lui tout devenait possible : il aurait été capable d'affronter une caserne entière de pompiers s'il avait été en mesure de jouir du spectacle. Et même s'il abordait sa nuit de noces dans un état d'esprit sensiblement différent, il n'en espérait pas moins pouvoir observer sa performance. Mais en découvrant la somptueuse suite qui leur avait été réservée à l'hôtel, il comprit que cela n'allait pas être évident.

Dans la plupart des chambres d'hôtel que Graham avait eu l'occasion de fréquenter, un miroir disposé avec autant de goût que de perspicacité reflétait l'ensemble du lit: la simple vision de son corps nu en travers des draps suffisait à l'exciter, qu'il soit seul ou accompagné. Mais ici, le décor était nettement plus rupin. Tous les meubles étaient d'époque, des exemplaires de *Country Life* et du *Tatler* étaient disposés sur la table de nuit, un petit coffret en laque contenait des bonbons à la menthe, un autre un choix de biscuits du Prince de Galles — sans parler, délicate attention de la direction, d'un panier de fruits et d'un énorme bouquet de pivoines. La seule chose qui manquait, c'était un miroir. Il y avait une gigantesque armoire en érable, il est vrai, de style français et datant visiblement du XIXe siècle, mais pas l'ombre d'un miroir.

Pas plus qu'il n'y avait de chaîne porno dans les programmes de la télé, comme Graham s'en assura rapidement pendant que Betty était à la salle de bains. Lorsqu'il voyageait pour le compte de sa banque, Graham descendait généralement dans des hôtels d'un standing certes inférieur à celui de ce palace, mais si leurs équipements étaient moins luxueux ils proposaient toujours ne serait-ce qu'une chaîne porno à leurs clients. Les chambres y étaient plus petites et les murs moins épais, mais cela permettait de suivre les activités des voisins. Ici, les tentures imposantes, les parois damassées, la table digne d'un réfectoire, les biscuits royaux — tout proclamait l'indifférence de l'établissement à l'égard de considérations aussi bassement matérielles. En dépit de son intitulé (suite « de la lune de miel ») et de son luxe affiché, le bon goût y prévalait et le sexe n'y était pas ouvertement encouragé.

Le problème du reflet (dont Betty n'avait nullement conscience) se trouva inopinément résolu lorsque, souhaitant suspendre une partie de ses vêtements, elle ouvrit l'armoire et révéla du même coup la présence du grand miroir qui occupait l'intérieur de la porte. À peine fut-elle repartie dans la salle de bains que Graham s'arrangea pour que l'angle d'ouverture du battant lui permette de suivre de manière satisfaisante les opérations dont le lit allait être le théâtre, si tout se passait normalement.

Lorsque Betty émergea à nouveau de la salle de bains, Graham l'attendait donc de pied ferme, prêt à assumer le rôle pour lequel il avait opté : celui du mari à la mine sévère, prenant enfin possession de son territoire.

— C'est ici, dit-il en écartant sa serviette, que le mariage débute vraiment.

L'affaire s'enclencha de la sorte avec une Betty consentante et soumise — et au début du moins dans une relative entente.

Sauf que, comme il devait se tourner pour admirer le va-et-vient de son propre fessier, la vigueur de ses assauts finit par repousser la porte de l'armoire : du coup, le miroir ne lui révélait plus qu'une masse confuse et assez peu stimulante de chevilles et de genoux imbriqués. À deux reprises, Graham fut obligé de se lever pour rectifier la position du battant (sans fournir la moindre explication à Betty). Mais lorsqu'il se rabattit pour la troisième fois, il décida d'abandonner le miroir à son sort et de poursuivre le combat sans lui. Sa nouvelle épouse ne pouvait que se féliciter de ce changement de stratégie, non seulement parce qu'elle bénéficiait ainsi de l'attention exclusive de son mari, mais parce que, privé du spectacle stimulant de son postérieur, Graham se montrait nettement moins pressé de conclure les opérations.

Une fois le coït terminé, Graham contempla leurs deux silhouettes allongées sur le lit. Parmi les nombreux corps qu'il avait déjà vus malgré son jeune âge, rares étaient ceux qui pouvaient se comparer au sien. Étant donné que ses partenaires et lui s'étaient rarement retrouvés sur un pied d'égalité, l'activité sexuelle s'accompagnait le plus souvent chez lui d'une forme de condescendance qui, chez un individu plus généreux ou moins vaniteux, aurait pu s'apparenter à de la compassion. Mais tel n'était pas le cas de Graham.

Lorsqu'il y a inégalité entre deux partenaires — qu'elle soit d'ordre physique, social ou même financier — c'est l'amour qui permet généralement de rétablir l'équilibre. Pourtant, même dans la plus parfaite des unions, un élément plus tangible vient parfois pimenter l'affaire. Et le fait que Betty soit du sexe opposé constituait pour Graham le plus agréable des piments. Il se tourna une nouvelle fois vers elle. Il commençait même à y prendre goût.

Pour un mariage qui ne semblait pas devoir débuter sous les meilleurs auspices, les choses se passaient étonnamment bien. Le fait que Betty se soit révélée une excellente cuisinière n'y était pas étranger. Sa belle-mère était loin d'être un cordon-bleu : aussi Graham n'avait-il pas l'habitude qu'un délicieux repas l'attende lorsqu'il rentrait du travail. En outre, Betty ne lui reprochait pas de passer le reste de la soirée devant la télévision. De manière générale, elle lui faisait d'ailleurs fort peu de reproches — de sorte que son jeune époux se voyait encore plus dorloté qu'il n'avait pu l'être auparavant.

À la banque également ses affaires prospéraient. Son mariage avait en effet rassuré ses employeurs, tant sur le plan de sa motivation que sur celui de ses penchants sexuels (bien que ce dernier point n'eût jamais été ouvertement abordé).

Betty l'avait accompagné à une ou deux reprises lors de ses réceptions professionnelles — des réunions le plus souvent sinistres mais qu'elle avait l'air d'apprécier et durant lesquelles, lorsque Graham n'était pas dans les parages, elle avait impressionné ses collègues par la pertinence de ses remarques. Et si leurs propres réactions l'avaient laissée sceptique, elle avait eu l'élégance de ne pas le montrer.

— Votre chère moitié a la tête sur les épaules, avait déclaré le chef de projet de Graham. Elle ne se contente pas d'avoir un joli minois.

Comme Graham était loin de considérer les choses sous cet angle, il n'y prêta pas attention. En revanche, il ne cacha pas à son supérieur qu'il n'avait plus réellement besoin de ce job — ce qui conduisit évidemment sa hiérarchie à lui proposer un meilleur poste.

Il n'avait pas à se plaindre non plus dans d'autres domaines. Une fois la nouveauté émoussée, on aurait pu s'attendre à ce que les pratiques sexuelles dans le cadre conjugal perdent rapidement de leurs charmes. Mais il n'en était rien. La vérité, c'est que Graham s'investissait bien davantage en faisant l'amour avec Betty que ce n'était le cas jadis, même avec le plus entreprenant de ses partenaires masculins. La consommation de l'acte sexuel en compagnie de son épouse lui donnait même un sentiment de transgression qui lui était jusqu'alors inconnu.

Prenons les vêtements, par exemple. Si dans le passé l'un de ses jeunes amants avait tenu à garder son pantalon, obligeant du même coup Graham à se débrouiller avec les boutons, la fermeture éclair et le reste, il aurait sans doute été familiarisé avec les préliminaires par lesquels il devait passer avec Betty. Mais la lenteur d'un tel effeuillage n'avait jamais fait partie de son apprentissage, ses partenaires se déshabillant toujours de leur plein gré — et à toute vitesse — afin de profiter au plus vite des charmes de Graham. À présent donc, en rentrant de la banque (et parfois même sans se donner la peine d'enlever son manteau), il s'offrait une petite partie de jambes en l'air avec Betty avant le dîner. Il trouvait particulièrement excitant de devoir batailler pour lui ôter son *déshabillé*[1] — d'ailleurs tout relatif — qui cédait sous ses assauts en donnant l'impression d'être arraché par effraction. Betty avait d'ailleurs à cœur de susciter ce sentiment en lui, mais Graham n'était pas assez perspicace pour s'en apercevoir. D'autres obstacles, d'ordre plus naturel, tenaient à son manque de familiarité avec la région concernée et les fonctions de ses diverses composantes. Les femmes, se surprenait-il à penser, gagnaient à être explorées. Mais lorsque leurs deux bouches étaient soudées et que ses mains étaient occupées à farfouiller plus bas, il avait le sentiment on ne peut plus délectable de forcer un coffre-fort. Et même s'il en venait toujours à bout, la combinaison

1. En français dans le texte *(N.d.T.)*.

exacte demeurait à ses yeux une énigme. Ce qui fait que l'amour conjugal conservait pour Graham un petit côté délicieusement criminel.

Qu'aucune mention n'ait été faite jusqu'ici des préservatifs ni d'autres moyens de protection tient uniquement aux urgences et aux impératifs de la narration. Bien que l'habituelle digression sur les diverses méthodes contraceptives ait été éludée au cours de ce récit, Graham avait scrupuleusement eu soin lors de ses escapades préconjugales de ne jamais négliger de telles précautions, y compris lorsque ses partenaires se moquaient de sa circonspection. Son attitude n'aurait pourtant pas dû les surprendre : si endiablés qu'aient été les préliminaires, la méticulosité avec laquelle Graham rangeait ses chaussures au pied du lit, après avoir glissé ses chaussettes à l'intérieur, indiquait clairement qu'ils n'avaient pas affaire à un individu pleinement libéré.

Toutefois le mariage là encore avait ses avantages, même s'ils se situaient cette fois à l'opposé de la transgression. Comme Betty prenait la pilule ou se débrouillait de son côté (Graham n'avait jamais cherché à creuser la question), les étreintes conjugales ne se voyaient pas entravées par de fastidieuses méthodes prophylactiques. De sorte que ce devoir dont Graham s'était attendu à trouver la pratique peu engageante, voire vaguement répugnante, se révélait d'une liberté et d'une absence de contraintes parfaitement grisantes. Il se glissait dans le lit conjugal avec un sentiment de total abandon. Là au moins, il ne risquait pas d'attraper une saloperie quelconque, et cette assurance donnait à ses élans une confiance et une efficacité tangibles. Betty, qui n'avait pas placé de grands espoirs dans les prouesses sexuelles de son futur mari, se vit ainsi l'objet d'assauts aussi vigoureux que prolongés — et au bout du compte fort agréables. Elle était surprise par la verve et le brio dont son mari faisait preuve — et lui-même en était le premier étonné.

Par ailleurs, on n'avait pas pardonné à Mr Forbes son comportement déplorable lors du mariage de son fils, et il passa ainsi plusieurs mois en exil dans une cabane, au fond du jardin. Il s'arrangeait lors des rares absences de sa femme pour accéder à son ordinateur afin d'envoyer des messages laconiques (et tout aussi mensongers) à sa copine en pagne des îles Samoa. Mais il s'était fait entre-temps une nouvelle amie.

Durant les tout premiers mois de leur mariage, Betty s'occupa de meubler et d'équiper l'appartement qu'ils venaient d'acheter. Elle avait fermement repoussé les offres de sa belle-mère, qui lui avait proposé de l'aider, mais se montra moins distante à l'égard de Mr Forbes. Elle se débrouillait fort bien de son côté avec les ordinateurs, mais son beau-père lui était utile dans d'autres domaines, notamment pour l'achat des fournitures et des divers équipements dont elle avait besoin. Outre que sa compagnie était agréable, c'était un bricoleur assez habile : aussi le voyait-on de plus en plus souvent au domicile de sa belle-fille, échangeant avec elle des commentaires circonspects au sujet de leurs conjoints respectifs.

Mr Forbes avait pris sa retraite assez tôt et sa pension était indexée sur le cours des actions de son ancienne entreprise. Les fluctuations de ses revenus qui en résultaient étaient pour lui une source d'anxiété constante. Le voyant sans cesse grommeler en consultant les cours de la Bourse, Betty avait fini par le convaincre de lui révéler la vérité, puis de la laisser gérer son portefeuille.

Mr Forbes croyait au début qu'elle faisait simplement preuve de curiosité, mais il ne tarda pas à se rendre compte qu'elle en connaissait un sacré rayon sur le sujet (« je gérais déjà les affaires de mon père », lui dit-elle). Au bout de quelques mois, elle avait si bien restructuré son plan de retraite que ses revenus avaient pratiquement doublé — la seule clause restrictive étant qu'il ne devait en parler ni à Graham, ni à la mère de celui-ci (ce qui revenait au même). Graham, pour sa part, ne concevait pas qu'une femme au foyer puisse vivre dans un autre état que celui d'une dépendance ingénue. Betty avait des connaissances beaucoup plus étendues que les siennes, mais elle avait l'intelligence de ne pas en faire étalage. Une fois de plus, Mr Forbes se demanda pourquoi une femme si accomplie avait choisi d'épouser son fils.

L'une des fonctions des femmes — telle était la conclusion à laquelle avait abouti Mr Forbes — était de perturber l'existence des hommes, paisible en dehors de ça. En dépit de son étonnante robustesse, son épouse, par exemple, se plaignait sans arrêt de ne pas aller bien, même s'il était difficile de mettre le doigt sur la source exacte de ses maux. Il est vrai que son problème relevait d'une zone sur laquelle Mr Forbes aurait justement dû mettre plus souvent le doigt, tout en demeurant vaguement impalpable : ce qui lui valait d'être régulièrement accusé de manquer de considération, si ce n'est carrément de cœur. Le problème, se disait Mr Forbes, s'agissant *a fortiori* d'une personne aussi robuste que son épouse, c'est qu'un mari n'avait pas conscience en permanence que le bât blessait quelque part. Et c'était justement là que le bât blessait. Peut-être Mr Forbes n'avait-il tout simplement pas de chance... En tout cas, si ce travers était propre au sexe féminin Betty y avait échappé, joyeuse et enjouée comme elle l'était — « empreinte de la grâce et de l'exubérance du printemps », comme il le fit remarquer un soir à son épouse.

— Quelle femme ne serait pas heureuse d'avoir épousé Graham ? rétorqua Mrs Forbes.

Betty n'était pas à cheval non plus sur les interdits linguistiques qui entravaient tant leurs conversations conjugales. Des mots comme « couilles », « cul », sans parler du traditionnel « merde ! » faisaient partie de son vocabulaire et elle ne fut guère plus effarouchée lorsqu'il se risqua un jour à avancer avec circonspection le terme de « chatte ». Mr Forbes aurait préféré qu'on l'appelle Ted, mais son épouse trouvait que Ted Forbes évoquait un personnage de série télévisée et s'entêtait donc à l'appeler Edward. Sans qu'il l'en ait informée, Betty avait suffisamment de jugeote pour l'appeler Edward en présence de sa belle-mère et Ted lorsqu'elle était seule avec lui. Tous ces faits allaient dans le même sens et permettaient au petit diablotin qui sommeillait en lui de s'épanouir librement, ce que son épouse n'avait jamais toléré.

Graham, de son côté, avait depuis longtemps donné libre cours au petit diablotin qui sommeillait en lui. Mais que Betty eût ou non l'intuition de ses penchants antérieurs, elle gardait ses commentaires pour elle (il serait exagéré de les qualifier de soupçons), même si leur vie commune lui fournissait parfois quelques indices.

Croyant que Betty était en train de prendre son bain, Graham regardait un jour une émission sur Channel 4 intitulée *Footballeurs sans maillots* lorsqu'elle fit brusquement irruption dans la pièce, à la recherche de son sèche-cheveux.

— J'ignorais que tu t'intéressais au foot, lui dit-elle.

— Je surveille vaguement le parcours de Newcastle, répondit Graham tandis qu'à l'écran des images d'archives montraient Gary Lineker en train d'échanger son maillot avec un joueur au corps de rêve de l'ex-Yougoslavie.

— Je le préfère aujourd'hui, dit Betty.

— Qui ?

— Gary Lineker. Les cheveux gris lui vont bien. N'empêche qu'il a de belles cuisses.

— Je ne saurais dire, répondit prudemment Graham.

— Drôle d'émission, commenta Betty. C'est un *best-of* des fins de matches ?

Puis elle retourna se sécher les cheveux.

— Allons-nous avoir un enfant ?

Ils étaient couchés et c'était Betty qui avait posé la question.

— Quelle idée d'aborder un sujet pareil dans l'obscurité…

— Je me demande si je ne vais pas monter une affaire.

— Quel genre d'affaire ?

— Sur Internet.

La chose était déjà faite, mais Betty n'en avait pas informé Graham. Celui-ci demeura silencieux.

— Il faut bien que je fasse quelque chose de ma vie, Graham…

— Mais tu as fait quelque chose de ta vie : tu m'as épousé. C'est à moi de faire quelque chose de la mienne. Pourquoi ne te lancerais-tu pas dans la photographie ?

Betty poussa un soupir.

— On va au lit ? dit-elle.

— Betty… Nous sommes déjà couchés.

— Tu n'aimes pas que j'emploie l'autre terme.

— On dit « faire l'amour », Betty.

Affirmer que Betty n'entretenait aucun soupçon concernant les expériences sexuelles préconjugales de Graham impliquerait qu'elles eussent pris fin avec leur mariage. Or, tel n'était pas exactement le cas. Il lui arrivait en effet de céder à nouveau à la tentation, avec d'autant plus de plaisir à présent que les occasions étaient rares — mais aussi parce qu'elles lui paraissaient plus risquées et donc plus excitantes.

Lors de l'une de ces escapades occasionnelles, Graham se retrouva au lit avec un jeune homme particulièrement bien bâti qui, tout en s'adonnant de bon cœur aux activités qui les réunissaient, n'en donnait pas moins l'impression de contempler la scène avec un soupçon d'ironie.

— Eh bien, Toby…, lança-t-il nu sur le lit, les mains croisées derrière la nuque. Comment survis-tu aux rigueurs de la vie conjugale ?

Posée une fois leurs ébats conclus, la question dérouta un peu Graham, qui avait pris soin d'ôter son alliance.

— Très bien, répondit-il prudemment.

— Très bien ? Voilà qui ne me plaît qu'à moitié… Si je ne m'abuse, ajouta le jeune homme en parcourant du regard le corps également nu de Graham, ton engin a pris du volume depuis la dernière fois. Il s'est fortifié, si tu vois ce que je veux dire.

Graham comprit peu à peu qu'ils s'étaient déjà rencontrés et le prénom de son partenaire lui revint à l'esprit.

— Gary…

— Ah, tu t'en souviens donc, dit Kevin en lui pinçant la cuisse. Il s'agissait de l'enterrement de ta vie de garçon, si je ne m'abuse.

— Tu es camionneur.

— Non, non. Ta mémoire te joue des tours, Toby. Je suis carrossier.

— Tu as les mains bien douces pour un carrossier.

— J'utilise une crème protectrice.

Les souvenirs remontaient lentement.

— Ta situation matérielle s'est améliorée, reprit Graham.

— Qu'est-ce qui te fait croire ça ?

— Tu habites maintenant dans une résidence privée. La dernière fois, tu vivais dans un simple appartement.

— À quoi bon se priver, répondit Kevin en se tapotant le ventre. Mais tu attaches trop d'importance à ces contingences matérielles, mon cher Toby.

Il n'est pas carrossier, songea Graham. Décorateur, peut-être.

— Comment va Shirley ? reprit-il.

— Qui ?

— Shirley, ta petite amie. Celle que tu baisais tous les vendredis.

— Je ne vois pas à qui tu fais allusion. Je me garderais bien quant à moi d'aller retrouver une quelconque Shirley, que ce soit le vendredi ou un autre jour de la semaine. Son prénom suffirait à me faire débander.

Graham remarqua que Gary avait troqué sa chaîne contre deux plaques d'identification militaires.

— C'est nouveau, remarqua-t-il.

— Pour toi peut-être… Je les aime bien, ça me donne un petit côté guerrier. Imagine-nous dans les Malouines… Ou sous une tente, en plein Sahara, ajouta-t-il en dessinant négligemment du doigt un cercle autour du nombril de Graham.

Ce dernier n'était que médiocrement intéressé par un tel scénario. Un jour, Betty et lui avaient fait l'amour sous une tente, au-dessus de Niddendale : malgré la splendeur du décor, cela n'avait pas été une réussite — et le thé imbuvable qu'on leur avait ensuite servi à Pateley Bridge n'avait pas arrangé les choses.

— J'espère que tu accomplis ton devoir conjugal avec autant de vigueur que de ponctualité, reprit le jeune homme. Ta femme a-t-elle encore droit à tes faveurs tous les soirs ?

Graham, qui n'était pas mécontent de ses performances dans ce domaine, se fendit d'un sourire condescendant.

— Sait-elle que tu joues aussi dans le camp adverse ?

La sagesse aurait conseillé de dire oui.

— Non, répondit Graham. Elle n'en a pas la moindre idée.

— Cela l'embêterait-il de le savoir, à ton avis ?

— Bien sûr que non, dit Graham, que l'expérience avait rendu prudent. De nos jours, tout de même…

— Tu as raison, Toby. Qu'importe le sexe de son partenaire…

— Il est temps que j'y aille, dit Graham.

Il tendit la main pour saisir ses vêtements, pliés avec soin sur une chaise à côté du lit.

— Tu n'as pas envie d'un petit supplément ? demanda le jeune homme.

Graham regarda sa montre.

— Je crains de ne plus avoir le temps.

— Elle ne t'en voudra pas. Tu lui diras que tu as dû rester plus tard à la banque.

— Qui t'a dit que je travaillais dans une banque ?

Il s'en était abstenu, il en était quasiment sûr, même s'il ne se souvenait plus du métier qu'il avait prétendu exercer.

— Tu travailles dans une banque, je suis carrossier, répondit son partenaire. Ainsi va la vie. À ce propos, je crains qu'il ne me faille facturer mes prestations, cette fois-ci. Disons cent livres et n'en parlons plus.

— *Cent livres?* Putain…

— Je te prie de surveiller ton langage, Toby.

— Tu as de la chance que je les aie sur moi, dit Graham en lui tendant les billets. D'habitude, je ne trimballe pas beaucoup de liquide.

— C'est normal, dit Kevin, puisque tu travailles dans une banque. Tu as une belle voiture.

En partant, Graham se sentit mal à l'aise. Lui avait-il bien dit qu'il travaillait dans une banque? Avait-il précisé laquelle? C'était cette part de risque qui était censée donner du piment à ce genre de rencontres, mais cette fois-ci Graham était loin de trouver la chose à son goût. De surcroît, le tarif était exorbitant.

Le portail de la résidence s'ouvrit en coulissant.

De retour dans sa chambre, Kevin nota le numéro de la plaque minéralogique flambant neuve de Graham dans son téléphone portable.

Pour l'instant, les choses semblent donc se présenter sous un jour favorable pour la famille Forbes. Le mariage de Graham s'avère plus satisfaisant et plus gratifiant qu'il n'aurait pu l'espérer. Et la situation tourne également à son avantage à la banque : il joue au squash avec ses meilleurs clients et assiste à des réunions concernant des transactions commerciales auxquelles il ne comprend à vrai dire pas grand-chose mais que sa femme, grâce à quelques questions faussement naïves et quelques remarques de bon sens, l'aide le plus souvent à résoudre, sans remettre pour autant en question son statut de « femme au foyer ».

Parallèlement, l'affaire que Betty a montée sur Internet connaît un développement florissant. Pour l'instant, la question d'un éventuel enfant a été mise au placard, même si le placard en question a été monté par Ted, c'est-à-dire par Mr Forbes senior.

S'il y a quelqu'un qui échappe à la félicité générale, c'est la mère de Graham. Il va sans dire qu'elle voit beaucoup moins souvent son fils depuis son mariage que du temps où il était célibataire. Il arrive à celui-ci de venir dîner à la maison, notamment lorsque Betty se rend à un concert.

C'est une passionnée de musique classique, une passion que ne partage pas son mari (« je préfère les variétés ») mais qu'elle a communiquée au père de Graham. Celui-ci l'accompagne parfois, laissant la mère et le fils renouer ainsi le fil de leur ancienne relation. Mais quelle que soit la joie que lui procurent de tels moments, ils n'en soulignent pas moins aux yeux de Mrs Forbes la grande vacuité dans laquelle a sombré son existence.

Autrefois, dans des temps déjà reculés, elle avait placé certains espoirs dans Internet, s'imaginant que cela pourrait lui tenir lieu de substitut ou, comme elle le disait elle-même, de « hobby ». Toutefois, ces espoirs se sont inexorablement évaporés, étant donné qu'elle s'est trouvée dans l'incapacité persistante d'en maîtriser la technologie.

— Le principe est en fait relativement simple, lui répète patiemment son professeur.

Mais comme son professeur se trouve également être son mari, il s'arrange pour que les touches décisives restent hors de sa portée et que les connections ne puissent pas s'établir.

— C'est un outil masculin, lui dit-il pour la consoler.

Ce qui n'est pas entièrement faux, au regard

de l'usage qu'il en fait. La belle des îles Samoa aux hanches ondulantes et à la peau basanée (qui vit en fait à Clitheroe) se trouve ainsi à l'abri des investigations potentielles quoique inexpérimentées de Mrs Forbes.

Une femme d'un naturel plus doux pourrait trouver une forme de consolation dans l'attente d'éventuels petits-enfants, mais aucun signe avant-coureur ne se profile pour l'instant à l'horizon. D'ailleurs, en se regardant dans la glace et en lissant sa robe écossaise sur ses hanches encore galbées, Mrs Forbes ne se sent pas assez âgée pour endosser ce rôle. Elle passe au contraire ces longs après-midi à rêver, répétant parfois une scène au cours de laquelle elle apprendrait la mort inopinée de son mari : elle s'effondre comme une masse sur la chaise la plus proche et serre un mouchoir dans sa main (seule trace visible de l'émotion qui la traverse). Une fois le premier choc passé, mais sans révéler pour autant ses sentiments profonds (le chagrin ne doit jamais s'étaler au grand jour), elle se voit faisant face avec dignité à la situation, puisant en elle des réserves de force et de courage que n'auraient jamais soupçonnées ses amis… ni son défunt mari. Puis, une fois les funérailles passées (sa silhouette solitaire suit le cercueil avec une douleur contenue), elle prend sa vie en main, vend la maison et s'installe dans un appartement, s'achète des foulards, va au théâtre... La vie devient tout à coup lumineuse, spacieuse, accueillante.

À l'étage au-dessus, puisque pour une fois il n'est pas chez sa belle-fille, Mr Forbes se détend en prenant des notes pour une histoire de la torture et du viol à la Renaissance qu'il projette d'écrire et de mettre sur Internet, à l'intention d'une autre amie dévergondée qu'il a récemment dénichée à Paterson, New Jersey.

La plupart des gens estimeraient sans doute qu'il s'agit là d'un mariage heureux — ce qui est d'ailleurs plus ou moins le cas.

Mrs Forbes se verse un autre verre de sherry.

Graham venait de terminer dans l'est de l'Angleterre la tournée des clients qui avaient contracté un emprunt auprès de sa banque et dont les biens étaient sur le point d'être saisis. Il traversait Peterborough lorsque son téléphone se mit à sonner.

— Salut Toby ! C'est Gary. Où es-tu ?

— À Peterborough.

— Waouh ! Il y en a qui ne s'ennuient pas. Tu prends du bon temps ?

— Non, répondit sèchement Graham.

— Comment ça ? Il y a pourtant une cathédrale romane.

N'ayant pas encore été hypothéquée, la cathédrale n'avait pas fait partie de la tournée de Graham.

— Comment va ta charmante épouse ?

— Je n'entends plus rien, dit Graham. Je ne te capte plus.

Il raccrocha et reposa son téléphone à côté de lui. La sonnerie retentit à nouveau alors qu'il atteignait Newark.

— Où es-tu maintenant ?

— Environ quatre-vingts kilomètres plus au nord, dit Graham. Mais je ne suis pas certain d'apprécier la situation.

— À quoi fais-tu allusion ?

— Au fait que tu m'appelles à tout bout de champ.

— À tout bout de champ ? C'est seulement la deuxième fois, d'après mes calculs. Tu devrais te sentir flatté.

— Pourquoi donc ? répondit Graham. Je te paie, après tout.

— Cette remarque est un peu blessante, Toby. Et assez inélégante de ta part.

— De toute façon, reprit Graham, aujourd'hui c'est impossible. Je n'ai pas assez d'argent sur moi.

— Et si je te disais que c'était gratos, cette fois-ci ?

Près de ses sous comme il l'était, une telle proposition aurait normalement dû allécher Graham. Mais si peu futé soit-il, il comprenait bien qu'en l'acceptant il risquait de transformer ce qui restait de l'ordre de la transaction commerciale en une véritable relation.

— Attends, lança-t-il… Je viens d'en retrouver dans une autre poche. Où puis-je te rejoindre ?

La nuit était tombée lorsque Graham arrêta son véhicule sur la place de parking vide où l'attendait Gary. Kevin étreignit brièvement Toby avant de se diriger vers la porte d'un immeuble sombre et passablement décrépit. Il composa un code et pénétra à l'intérieur du bâtiment.

— Où m'entraînes-tu ? demanda Graham.

Ils traversèrent un couloir sinistre, bordé d'une enfilade de portes identiques. L'endroit ressemblait vaguement à un hôtel. La pièce dans laquelle le fit entrer Gary était équipée du strict minimum : un lit, un lavabo, un verrou. De toute évidence, personne n'habitait ici, à commencer par Gary. Une chaleur suffocante régnait dans la pièce.

— Tu es tombé bien bas, dit Graham.

— Je ne vis pas ici, dit Kevin d'une voix douce, en enlevant son pantalon. C'est mon lieu de travail.

— Et les autres endroits où tu m'as emmené ? Cet appartement luxueux, cette résidence à Roundhay ?

— J'y travaille aussi.

— Que fais-tu au juste ? demanda Graham.

— Je te l'ai déjà dit : je suis carrossier.

En rangeant soigneusement ses chaussures au pied du lit, Graham remarqua la poussière et les moutons qui recouvraient le sol.

— Tu ne fermes pas le verrou ? demanda-t-il.

— À quoi bon ? Il n'y a personne dans le coin.

Certains clients auraient sans doute été excités par l'aspect carcéral du décor mais ce n'était pas le cas de Graham.

— Où sommes-nous ? demanda-t-il.

— Je te l'ai dit : sur mon lieu de travail. Enlève ta chemise.

Graham songea que ç'aurait été à lui de donner des ordres mais n'en obtempéra pas moins. Dans la foulée il se débarrassa également de son pantalon. Comme on pouvait s'y attendre, la séance fut moins concluante que les précédentes. Les choses faillirent même tourner au vinaigre lorsque Graham refusa d'inverser les rôles. Si attirant Gary soit-il, décida-t-il intérieurement, c'était bien la dernière fois qu'il se retrouvait dans une pareille situation.

En appui sur son coude, Gary contemplait Graham qui était allongé sur le dos.

— À quoi penses-tu ? lui demanda-t-il.

Graham était en train de se dire qu'il préférait tout compte fait le confort du lit conjugal, mais il eut la présence d'esprit de garder cette réflexion pour lui. Il se demandait aussi au bout de combien de temps il allait décemment pouvoir s'éclipser. Mais il fallait d'abord régler la question financière.

— Comment va ta vie conjugale ? reprit Kevin.

— Bien.

— Et tes affaires à la banque ?

— Tout se passe normalement.

Kevin marqua une pause.

— Dis-moi, reprit-il, est-ce que ta mère sait que tu es gay ?

— Je suis marié. Elle n'en sait pas davantage.

Graham attrapa sa chemise et entreprit de se rhabiller, mais Kevin ne semblait pas pressé de l'imiter.

— Les mères sont censées savoir ce genre de choses.

— Tu ne connais pas la mienne.

— C'est exact, dit Kevin. Mais que se passerait-il si elle découvrait la vérité ?

— Comment cela serait-il possible ? répondit Graham. Je te dois combien ? Comme la dernière fois ?

— À quel point aimes-tu ta mère ?

Graham le dévisagea, son argent à la main.

— Que signifie cette question ?

— Ma mère est au courant, en ce qui me concerne.

Graham commençait à en avoir assez.

— La même somme, donc, dit-il en posant quelques billets sur le lit.

Kevin considéra l'argent d'un air dubitatif.

— Je crois que cela mérite un peu plus, dit-il. C'est ta mère, après tout.

— Ah, non…, lança Graham en ramassant les billets et en les remettant dans son portefeuille. Je ne marcherai pas dans une combine pareille. Un mot de plus et je vais trouver la police.

— Sage décision, dit Kevin, les mains croisées derrière la nuque. Et tu n'auras pas beaucoup de chemin à faire : la police, c'est moi. Maintenant, enlève-moi ces vêtements. Avant de parler affaires, nous pourrions reconsidérer la proposition que je te faisais tout à l'heure.

Graham parlait sérieusement en disant qu'il irait trouver la police. Une heure plus tard, après s'être éclipsé, il se demanda s'il ne devait pas se rendre directement au commissariat. Il songea ensuite qu'il valait sans doute mieux laisser passer une bonne nuit de sommeil et prendre l'avis de Betty. Cette dernière hypothèse était empreinte de bon sens mais de toute évidence parfaitement irréalisable. Une dizaine de jours s'écoulèrent ainsi durant lesquels il rassembla ses forces, se préparant à affronter la honte qu'il allait forcément ressentir en déposant sa plainte.

Contre toute attente, le commissariat de police baignait dans un climat de quiétude et de civilité parfaite. Des bacs de géraniums étaient installés à l'entrée et les portes automatiques coulissaient en silence, donnant accès à un hall d'accueil immaculé. Une reproduction de Van Gogh ornait l'un des murs, face à une affiche de Lowry. De toute évidence, l'accent avait davantage été mis sur le bien-être de la clientèle que sur la défense de la loi.

L'officier qui était à l'accueil, un individu au visage avenant et couronné de cheveux blancs, était déjà occupé avec une jeune femme.

— J'en termine avec cette cliente, dit-il à Graham, mais cela ne sera pas long. Allez donc vous asseoir, ajouta-t-il en lui désignant le hall. Il y a encore du café mais je crains que nous ne soyons à court de croissants.

Il se retourna vers la jeune femme.

— À quoi ressemblait-il au juste ?

— Qui ?

— Votre agresseur. Avez-vous remarqué s'il était noir?

En dépit de cette atmosphère rassurante, Graham se sentait toujours un peu nerveux et partit à la recherche des toilettes.

Ces dernières étaient elles aussi décorées avec un goût exquis et diffusaient discrètement un air que Betty, contrairement à Graham, aurait été en mesure d'identifier. De plus, quelqu'un avait eu la délicate attention de disposer une coupe de pot-pourri sur le rebord de la fenêtre — un geste que Graham n'aurait pas manqué d'apprécier s'il n'avait pas été si préoccupé.

Quand il revint à l'accueil, l'officier en terminait justement avec sa cliente, qu'une auxiliaire féminine de la police s'apprêtait à prendre en charge.

— Souhaitez-vous bénéficier d'un soutien psychologique ? lui demanda-t-elle.

— Qu'en pensez-vous ?

— Cela fait toujours du bien de parler, répondit Valerie, l'auxiliaire de police, en la précédant dans un couloir.

— Nous ne résolvons pas tous les crimes, ajouta l'officier, mais nous faisons en sorte qu'ils soient moins lourds à supporter. Et maintenant à nous, monsieur. Excusez-moi d'avoir dû vous faire attendre. Que puis-je pour vous ?

Graham avait décidé d'aller droit au but.

— Pour tout vous dire, commença-t-il d'un air confidentiel en se penchant au-dessus du comptoir, la chose n'est pas facile à formuler. Je ne suis pas précisément gay, je suis même marié et heureux en ménage, mais je me suis plus ou moins fait piéger et je me retrouve victime d'un chantage.

— Non, ce n'est pas possible ! s'exclama l'officier. Un chantage, à notre époque ! Nous ne sommes pourtant plus dans les années 1950 ! Mais vous avez de la chance, l'officier en charge des relations avec le public se trouve justement parmi nous et vous allez pouvoir lui expliquer tout ça. Attendez-moi ici, j'en ai pour un instant.

L'officier se dirigea vers le couloir en répétant :

— Du chantage ! Je n'en reviens pas…

Rassuré par cet accueil chaleureux et soulagé à l'idée de pouvoir partager ses inquiétudes, Graham retourna s'asseoir dans le hall et se mit à feuilleter les magazines éparpillés sur la table basse. En parcourant le bulletin de la police locale, il tomba soudain sur la photo d'un jeune policier à qui l'on remettait une médaille pour services rendus à la communauté. Il n'eut aucun mal à le reconnaître : malgré son air timide et son fringant uniforme, il s'agissait de Gary.

S'étant tenu à l'écart de l'évolution récente en matière de libération des mœurs, Graham apprit avec stupéfaction que cette médaille avait été attribuée à Gary (dont le véritable prénom était apparemment Kevin) pour les services qu'il avait rendus à la communauté et en particulier pour l'efficacité dont il avait fait preuve en tant qu'officier de police gay. Après avoir ouvertement déclaré ses penchants — ce qui témoignait d'un certain courage, en tant que policier — Kevin/Gary était intervenu à de nombreuses reprises au sein des écoles, des églises et de divers groupements communautaires. On estimait que c'était en grande partie grâce à lui que la haine à l'égard des criminels avait sensiblement décru dans le quartier.

Graham s'apprêtait à lire la suite lorsqu'il entendit une porte s'ouvrir et des voix s'élever dans les profondeurs du couloir. Sans se donner la peine de regarder derrière lui ni de vérifier l'identité des nouveaux arrivants, il se précipita vers la sortie, attendit pendant deux interminables secondes que les portes coulissantes daignent enfin s'ouvrir et se précipita à l'extérieur du bâtiment.

Quelques jours plus tard, tout en pianotant distraitement sur son ordinateur, Betty demanda soudain :

— Il ne t'est jamais venu à l'idée que Graham puisse être gay ?

Mr Forbes senior remit ses lunettes et réfléchit un instant.

— Il m'est arrivé d'envisager cette hypothèse, répondit-il. Mais comme il t'a épousée, j'ai fini par me dire que je me trompais.

C'était l'après-midi et ils étaient au lit.

— Et toi ? reprit-il.

— Cela m'ennuyait au début qu'il passe autant de temps à se faire les ongles, répondit Betty. Mais après tout, beaucoup d'hommes prennent soin de leur physique de nos jours, n'est-ce pas ?

— Tout à fait, approuva Mr Forbes (qui s'en gardait bien). Il était d'une telle méticulosité quand il était enfant, très jeune il possédait déjà son propre parapluie. Mais je ne m'inquiéterais pas trop, à ta place. Tu lui plais, c'est le principal.

— Oui, dit Betty. N'empêche qu'il est bel et bien gay. Cela fait un moment que je le sais. (Elle avait remonté la piste des sites auxquels il se connectait.) Cela m'ennuyait juste que tu ne sois pas au courant.

— Est-ce un problème pour toi ? demanda Mr Forbes père.

— La chose en soi ne me dérange pas, dit Betty. Et pour le reste, il ne se débrouille pas si mal.

— Reste le cas de Muriel, dit Mr Forbes. Là, le problème est plus épineux…

— A-t-elle fait des progrès en informatique ?

— À ton avis ?

Betty hocha la tête tandis que le relevé du compte personnel de Graham s'affichait à l'écran.

— Je ne comprends pas, dit-elle. Il a fait des transactions vraiment bizarres.

Bien qu'il rencontrât désormais régulièrement Gary (il continuait à l'appeler ainsi), Graham n'évoqua jamais sa visite au commissariat ni le fait qu'il connaissait la position respectée que Kevin occupait au sein de la communauté — un rôle qui le rendait aussi vulnérable que sa victime à une tentative de chantage, Graham n'était pas sans s'en rendre compte… Mais comment pouvait-il renverser la situation ? Sauf à révéler toute la vérité à Betty (et à sa mère), il ne pouvait strictement rien faire pour le moment.

L'une des conséquences pénibles de la nature de plus en plus intéressée de leurs relations avait été la disparition du plaisir que Graham était censé en tirer. Il faisait ce qu'on lui demandait de faire sans la moindre joie, d'un air morne et abattu, incapable d'oublier qu'il était physiquement humilié et devait de surcroît payer pour ce douteux privilège — sans parler de l'offense plus pénible encore que cela infligeait à son orgueil.

Même s'il était compréhensible, son manque d'enthousiasme évident irritait évidemment son persécuteur, à qui il semblait qu'un minimum d'énergie s'imposait dans ce genre de circonstances. Mais l'ardeur n'était pas au rendez-vous et Graham n'était pas assez bon comédien pour la simuler.

— Quel rabat-joie, songeait Kevin.

Toutefois, après avoir empoché un nouveau billet de mille livres, il se disait que la situation offrait tout de même quelques compensations.

Au fil du temps néanmoins l'ennui finit par le gagner à son tour. Généralement, lorsqu'ils se rencontraient, l'argent changeait de mains mais il ne se passait plus rien d'autre.

Ces rendez-vous galants contraints et forcés affectaient également Betty. L'exubérance qui avait fait de Graham un partenaire attrayant avait virtuellement disparu. Le soir, il allait se coucher pour sombrer presque aussitôt dans le sommeil.

Mais souvent Betty se réveillait en pleine nuit et s'apercevait qu'il ne dormait pas.

Au début, elle se dit qu'il ne fallait pas trop s'étonner d'une telle évolution, que le lustre et l'éclat du mariage étaient inéluctablement voués à s'estomper, puis à disparaître. Mais il y avait d'autres détails inquiétants. Auparavant, lorsqu'il se déshabillait, Graham disposait toujours ses vêtements avec soin sur une chaise et plaçait sagement ses chaussures au pied du lit, après avoir glissé ses chaussettes à l'intérieur. Le nouveau Graham abandonnait désormais sa chemise sur le plancher, au beau milieu de la chambre, et ses chaussures aux quatre coins de la pièce — au point que Betty en vint à se demander s'il n'était pas en train de faire une dépression. Mais elle finit par conclure qu'il n'avait pas assez d'imagination pour ça.

Quelque chose allait pourtant de travers. Et ses ongles étaient dans un état épouvantable…

Même si leur relation était devenue bien chaste, elle n'était pas dénuée d'une certaine affection. Depuis que ses ennuis avaient commencé, Graham était même devenu nettement plus aimable, émouvant et prévenant qu'il ne l'avait jamais été.

Il cherchait auprès de sa femme un visible réconfort, sans lui préciser pour autant la nature de son trouble. Tout ce qu'il arrivait à lui dire, c'est que « la vie » en était la cause.

— Tu as des soucis professionnels ? lui demandait Betty.

— Pas vraiment.

— Tu n'es pas malade ?

Graham secouait la tête en silence.

— Tu es si bonne envers moi, marmonnait-il parfois avant de sombrer dans un sommeil agité.

Ce soir-là, cependant, il ne dormait pas et lui avait parlé de leur avenir, en disant à sa femme qu'il ne voulait pas passer le reste de sa vie dans une banque. N'avait-elle pas rêvé un jour ou l'autre d'aller vivre en Australie ?

Betty n'avait jamais songé à s'installer à l'autre bout du monde, elle était très heureuse au contraire de vivre à Alwoodley. Elle s'apprêtait donc à « lui parler franchement », comme il l'avait dit lui-même, lorsque Graham bondit brusquement hors du lit et alla jeter un coup d'œil à travers les rideaux.

— Que se passe-t-il ? demanda Betty.

— Rien, dit Graham. J'avais cru entendre une voiture à l'extérieur.

— Au début, dit Betty, j'ai cru qu'il détournait de l'argent à la banque, même si je n'en comprenais pas la raison puisque son compte était toujours bien garni.

Ils étaient de nouveau au lit. Comme d'habitude, Betty avait son ordinateur sur les genoux et Mr Forbes lisait.

Elle ne le lui avait pas avoué, mais ce qui l'avait le plus choquée n'était pas tant le détournement de fonds lui-même : c'était le montant des sommes concernées qui, sans être négligeables, restaient tout de même relativement modestes. Graham avait beau être âpre au gain et se croire d'un tempérament audacieux, ses ambitions avaient toujours été limitées — aussi limitées à vrai dire que ses capacités (ce qu'il n'avait bien sûr jamais été à même de mesurer). Il ne s'était pas rendu compte, par exemple, que ce qu'il croyait être la fortune de Betty ne concernait en fait que les intérêts qu'elle percevait sur ses véritables biens, dont il ignorait l'existence. Vu sous cet angle, les sommes que détournait Graham étaient effectivement dérisoires — même s'il allait bien falloir les rembourser un jour : et le plus tôt serait sans doute le mieux, avant qu'un audit ne révèle ses malversations.

À la vérité, Betty était un peu injuste envers Graham. Si celui-ci se montrait modeste dans ses ambitions, cela tenait uniquement à Kevin, puisque c'était lui qui fixait le montant des retraits. Les deux hommes se trouvaient donc aussi limités l'un que l'autre dans ce domaine.

— Où passe cet argent ? demanda Mr Forbes.

— Donne-moi un peu de temps, dit Betty.

Le plus simple, évidemment, aurait été de poser la question à l'intéressé et de lui demander qui le faisait chanter. Mais diverses considérations rendaient cette démarche irréalisable. Pour commencer, cela aurait réduit à néant le personnage de l'épouse ignare et énamourée que s'était construit Betty — faisant mine de ne rien comprendre aux histoires d'argent, de comptes en banque et aux affaires du monde en général. Il aurait déjà été désastreux pour elle de lui avouer qu'elle avait mis le nez dans ses relevés bancaires et qu'elle maîtrisait suffisamment ce genre d'opérations pour repérer des virements douteux ou inexplicables. Mais, plus largement, elle voulait éviter d'altérer la nature de leur relation, ce qui aurait forcément été le cas si Graham avait compris qu'elle savait qu'il était gay (ou du moins qu'il l'était épisodiquement). Si peu stimulant fût-il sur le plan intellectuel, leur arrangement était tout à fait satisfaisant aux yeux de Betty. Les ajustements qu'ils seraient contraints d'y apporter s'ils s'avouaient leurs quatre vérités étaient trop pénibles et trop radicaux pour être ne serait-ce qu'envisagés. Les prétentions de Graham, sa propre tolérance… non, décidément : jouer cartes sur table n'était pas une solution.

— J'ai trouvé, dit Betty.

La mère de Graham se demandait si elle n'allait pas se servir un premier verre de sherry lorsque la sonnette retentit à l'entrée. Un policier se tenait sur le seuil.

— Bonjour, Mrs Forbes. Je suis l'officier de police chargé de la prévention dans le quartier. Il y a eu une vague de cambriolages ces derniers temps et nous vérifions que les maisons sont suffisamment protégées. Puis-je entrer ? ajouta-t-il en lui montrant sa carte.

— Bien sûr.

Mais le policier ne fit pas un geste et resta immobile sur le porche.

— Sans vouloir vous vexer, Mrs Forbes, vous avez déjà commis deux erreurs. Premièrement, vous avez ouvert votre porte sans mettre votre chaîne de sécurité ni vous être assurée de l'allure de votre visiteur. Deuxièmement, vous n'avez même pas regardé ma carte. Examinez-la de plus près.

Il la lui remontra et Mrs Forbes l'étudia plus attentivement. Il s'agissait en fait d'une carte d'abonnement à la piscine municipale et sur la photo le policier — à supposer qu'il s'agisse bien d'un policier — était en maillot de bain.

— C'est une bonne photo, commenta-t-elle, mais elle n'est pas légale.

— C'est le moins qu'on puisse dire, opina l'officier chargé de la prévention. On est parfois contraint de faire des choses illégales pour défendre la loi. Voici celle que j'aurais dû vous montrer.

Il lui tendit une autre carte où figurait sa photographie (il était habillé, cette fois-ci) et certifiant son statut d'officier de police chargé de la prévention.

— Maintenant que je me suis officiellement présenté, puis-je entrer chez vous, Mrs Forbes ?

— Volontiers, répondit-elle. Je m'apprêtais justement à boire une tasse de thé.

— Il aurait pu s'agir de n'importe qui, lui dit Mr Forbes quelques heures plus tard.

— Oui, c'est ce qu'il m'a dit. Mais je sais reconnaître un policier quand j'en vois un. Et si tu te fais un tel souci pour moi, tu ferais mieux d'être un peu plus souvent à la maison. Il en faut du temps pour installer ces étagères…

— Les étagères sont terminées. Je m'occupe à présent de l'isolation des fenêtres.

— À quoi ressemblait-il ? demanda Graham.

— C'était un très bel homme, répondit sa mère. Il m'a montré une photo de lui en maillot de bain.

— Le policier ? Pour quoi faire, bon sang ?

— Pour tester mes réactions. Il m'a ensuite montré sa véritable carte, où il est évidemment en uniforme. Il est chargé de la prévention.

— Je sais, tu n'arrêtes pas de me le répéter. Que lui as-tu raconté ?

— Je n'avais pas besoin de lui raconter quoi que ce soit, il était déjà au courant de tout. Tout se trouve sur Internet, apparemment.

— Sur Internet ?

— Enfin, dans son ordinateur. Ou quelque chose de ce genre.

— Ce que tu ne comprends pas, reprit Graham, c'est que depuis que j'ai grimpé les échelons à la banque, nous sommes tous beaucoup plus vulnérables. On enlève régulièrement les parents des banquiers pour avoir accès à leur coffre-fort.

— Cela ne risque pas d'arriver à Alwoodley, en tout cas. Cela ne me plaisait pas trop que la police soit au courant des moindres détails de notre vie, mais il m'a répondu que c'était pour notre sécurité. Il se trompait pourtant sur un ou deux points de détail. Il croyait par exemple que tu t'appelais Toby. Je lui ai dit que tu avais un chien qui s'appelait ainsi quand tu étais petit. Tu te souviens ? Il sentait tellement mauvais que nous avons dû nous en débarrasser. Je lui ai dit qu'il n'y avait jamais eu d'autre Toby dans cette maison et nous avons bien ri.

— Ta mère est charmante, dit Kevin. Et elle t'aime vraiment beaucoup.

— Oui, répondit Graham. Et c'est l'unique raison de ma présence aujourd'hui.

Ils se trouvaient à nouveau dans l'un de ces sinistres parkings.

— Elle regrette seulement que tu te sois marié. Elle ne s'attendait pas à ça.

— Fous-lui la paix.

— Pardon ?

— Pourquoi viens-tu importuner ma mère ? Je te paie, pas vrai ? Alors, laisse-la tranquille.

— Il faut bien que je fasse mon devoir. Leur maison est très mal protégée. Ils n'ont même pas de système d'alarme.

Le policier ne tarda donc pas à faire à Mrs Forbes une visite « de contrôle », comme il le formula lui-même en lui apportant les plus récents catalogues en matière de technologie laser au service de la prévention du crime. Elle lui avait offert un verre de sherry et ils étaient passés au salon, en se demandant quel endroit serait le plus approprié pour installer les détecteurs si elle se décidait à investir dans ce genre d'appareils. Comme il était monté sur une chaise afin de lui désigner les emplacements potentiels, Mrs Forbes bénéficiait d'une vue imprenable sur le postérieur musclé que son fils avait eu l'occasion de caresser la veille de son mariage — même si son propriétaire était aujourd'hui sanglé dans son uniforme et une chemise blanche amidonnée rehaussée par des épaulettes. Un bip était également glissé dans sa poche-revolver.

— Et tous ces conseils sont gratuits ? demanda Mrs Forbes.

— Absolument. Le bénéfice est évident, du point de vue de la police. Plus les gens sont dotés d'une protection efficace, moins les cambriolages sont fréquents, Mrs Forbes.

— Je vous en prie, dit Mrs Forbes en posant la main sur son genou. Appelez-moi Muriel…

Lorsque Mr Forbes rentra, environ une heure plus tard, il découvrit la propriétaire des lieux et le policier chargé de la prévention assis côte à côte sur le canapé : elle était en train de lui montrer les albums qui contenaient les photos d'enfance de Graham.

— Et voilà Toby ! s'exclama-t-elle en désignant un terrier hirsute, niché dans les bras du garçon. Ce chien était infernal, ajouta-t-elle. Il renversait tout sur son passage.

— Il connaît donc Graham ? demanda Mr Forbes après le départ du policier.

— Pourquoi voudrais-tu qu'il le connaisse ? C'est un officier de police.

Après avoir étudié les abords de ce parking à étages qu'il ne connaissait pas et surveillé les lieux plus d'une heure durant, Kevin ouvrit brusquement la portière et se glissa sur le siège, à côté de Betty.

— En quoi puis-je vous être utile ? lui demanda-t-il.

— Je suis la femme de Graham.

— C'est pour cela que vous pleurez ? Quoique

je vous avoue ne pas connaître le moindre Graham... Vous voulez peut-être parler de Toby ?

— C'est possible, répondit Betty en se mouchant.

— Si son prénom est Graham, pourquoi se fait-il appeler Toby ?

— Combien voulez-vous ? l'interrompit Betty. Je veux dire, pour qu'on n'entende plus parler de vous ?

Dix minutes plus tard, leur conversation ayant abouti à un accord satisfaisant, Kevin sortit du véhicule.

À l'autre bout du parking, Mr Forbes prit une dernière photo et éteignit son magnétophone.

— C'est un plaisir de faire des affaires avec vous, lança Kevin avant de s'éloigner.

Il changea d'avis le lendemain matin, lorsque le CD arriva dans sa boîte aux lettres.

— Nous menons vraiment une vie passionnante, remarqua Mr Forbes tandis qu'ils rentraient à la maison. Ce n'était pas le cas autrefois.

Les appels téléphoniques cessèrent donc, de manière aussi abrupte qu'inexplicable. Sans nouvelles de son ancien persécuteur, Graham retrouva bientôt toute sa vigueur au sein de la vie conjugale, ses ongles étaient à nouveau impeccables et l'existence reprit son cours antérieur. Graham était néanmoins stupéfait que ses malversations n'aient pas été découvertes et, lorsqu'il se décida enfin à se plonger dans les comptes de la banque, il découvrit que la situation était parfaitement normale, comme s'il ne s'était rien passé. Lorsqu'un détail quelconque le turlupinait dans le cadre de son travail, il en parlait généralement à Betty — mais dans ce cas précis, c'était évidemment exclu et cette situation suscita quelque temps un vague malaise en lui. Il se dit finalement qu'en raison de son métier Kevin avait peut-être eu la possibilité — si ce n'est le courage — d'effectuer les remboursements nécessaires, par simple mesure de précaution.

Bénéficiaire involontaire de l'arrêt de ce chantage, Mrs Forbes demeura donc dans son ignorance initiale, ne se doutant ni des exactions dont son fils s'était rendu coupable, ni de l'ingéniosité de sa belle-fille, qui l'un et l'autre avaient en premier lieu voulu la protéger et préserver son innocence.

Une telle volonté pourrait passer pour admirable, à ceci près que l'égoïsme n'en était pas absent... Il faut aussi prendre en compte l'horreur des perturbations et l'attachement à une certaine forme de routine dont ont fait preuve tous les protagonistes de cette affaire — et que la révélation brutale des penchants sexuels de son fils aurait inévitablement bouleversés.

Il faut également mentionner — et c'est peut-être le plus difficile à comprendre — une incontestable affection. Si monstrueuse, snob et tyrannique ait-elle été, la mère de Graham jouissait de cette position depuis si longtemps que ses sentiments étaient dignes d'un certain respect, même s'il fallait la plupart du temps se contenter de les deviner. Sans avoir atteint le statut de monument historique, elle incarnait une forme de survivance : et sous cet angle au moins, la carapace de son ignorance méritait d'être préservée.

Aucune de ces nuances n'aurait sans doute recueilli l'approbation de la dame en question, qui aurait jugé ces minutieuses précautions aussi inutiles qu'inappropriées. La mère de Graham n'avait nullement besoin qu'on la protège contre la terrible « révélation » de l'homosexualité de son fils, pour la bonne raison qu'elle était au courant depuis belle lurette de cet état de fait. Elle ne s'était jamais souciée d'aborder la question avec son mari, mais avant que Betty ne surgisse dans leur existence elle avait toujours pensé que Graham n'était pas « du genre à se marier ». Et l'un des griefs (informulés) qu'elle nourrissait à l'encontre de Betty tenait justement au fait que ce mariage l'avait obligée à réviser son opinion sur ce point.

De sorte que le jour où Kevin, brûlant ses dernières cartouches (et davantage poussé par le ressentiment que par l'intérêt), débarqua chez elle pour lui révéler le pot aux roses depuis si longtemps différé, Mrs Forbes se sentit plus soulagée que surprise : cela marquait en quelque sorte le retour à l'ordre naturel des choses. Elle avait vu juste depuis le début. Cela ne l'empêcha pas de se lancer dans une remarquable improvisation de ce qu'elle s'imaginait être la réaction d'une mère submergée par le chagrin, la mâchoire crispée et les yeux dans le vide, contemplant à travers la vitre la ruine de tous ses espoirs… Son interprétation fut si convaincante que Kevin s'y laissa prendre et ne put s'empêcher de poser sur son épaule une main consolatrice.

Fatale erreur.

Elle leur servit un verre de sherry. En regardant ce jeune homme d'une beauté stupéfiante, elle devait bien convenir que son fils avait en l'occurrence fait preuve d'un goût irréprochable. Le fait d'avoir épousé une femme aussi peu avenante que Betty avait été un simple écart, Dieu merci provisoire, puisque ce qu'un homme attendait d'une femme c'était la perfection (dont Mrs Forbes s'imaginait être l'incarnation).

Cette faveur lui ayant été refusée, on pouvait difficilement reprocher à un garçon comme Graham de s'être désintéressé du beau sexe pour aller chercher son bonheur ailleurs.

— Qu'y a-t-il là de blâmable ? demandait-elle à Kevin, devenu son prisonnier. Il faut être une femme pour comprendre ce genre de chose.

Certes, poussée jusqu'à sa conclusion logique, cette théorie du marché appliquée aux préférences sexuelles était difficilement défendable, les marges de la déviance se voyant du même coup envahies par les cohortes de la normalité déçue. Mais tout cela ne concernait guère Mrs Forbes, dont l'esprit était pour l'instant occupé par une violation plus tangible de la morale banlieusarde.

En conclusion, tous ces individus, les divers membres de cette famille, n'auraient-ils pas mieux *vécu*, et n'auraient-ils pas été plus épanouis, s'ils s'étaient montrés un peu plus francs les uns envers les autres depuis le début ?

Les choses étant ce qu'elles sont, il y avait de grandes chances pour que Betty se lasse un jour de Graham et que le divorce ne finisse par s'imposer comme la seule solution. À ceci près qu'ils avaient à présent des jumeaux dont ils étaient tous les deux entichés. De surcroît, divorcer les aurait sans doute obligés à s'avouer quelques pénibles vérités, ce qu'ils préféraient l'un et l'autre éviter.

Le fait que Mr Forbes ait continué de coucher de temps à autre avec sa belle-fille et de mener une existence débridée sur Internet aurait vraisemblablement fait honte à son épouse et à son fils, s'ils en avaient eu connaissance. Mais comment cela aurait-il été possible ? La seule chose qui aurait pu leur mettre la puce à l'oreille, c'était le chagrin disproportionné qu'avait manifesté Betty lorsque Mr Forbes succomba à une crise cardiaque, quelques années plus tard. En revanche, la mort de son mari donna enfin à Mrs Forbes l'occasion de jouer pour de bon le rôle de l'épouse éplorée qu'elle avait si souvent répété. Ce brusque deuil rapprocha également Graham et sa mère, qui se retrouvèrent bientôt aussi unis qu'ils l'avaient été, avant le mariage. Du coup, un jour où elle avait bu un verre de sherry de trop — et dans l'idée de resserrer davantage ses liens avec son fils, en lui montrant qu'elle était toujours dans le coup — Mrs Forbes finit par lui révéler l'aventure qu'elle avait eue avec Kevin et qui n'avait d'ailleurs pas duré aussi longtemps qu'elle le laissait entendre : le policier avait en effet trouvé la mort lors d'une course-poursuite sur une autoroute, même si ce décès semblait davantage relever de la logique narrative que d'une simple erreur de conduite. Loin de les rapprocher, l'aveu de cette liaison — si superficielle ait-elle été — choqua profondément Graham : il songea que sa mère aurait pu avoir l'élégance de lui épargner cette désagréable révélation, qui jouxtait d'un peu trop près la réalité de ses propres penchants sexuels (dont il s'imaginait toujours être le seul à détenir le secret).

Graham rentra chez lui et raconta à Betty ce que Mrs Forbes venait de lui révéler concernant sa liaison avec Kevin, « le policier gay » comme il le désignait. Betty qui, sans surprise, ne fut nullement surprise, lui promit de ne jamais en souffler mot à personne — à commencer bien sûr par leurs deux jumeaux. Elle ne comptait pas davantage leur apprendre ce que Graham ne lui avait pas avoué non plus : à savoir que leur père n'était pas comme les autres hommes et que cet état de fait ne changerait probablement pas. Il est vrai que s'il le lui avait dit dès le début, ils ne se seraient jamais mariés et il n'y aurait pas eu d'histoire à raconter.

Mais il y avait encore un secret plus enfoui, que Betty était la seule à connaître : c'est que le père des jumeaux était vraisemblablement leur grand-père.

Ce n'étaient donc pas les secrets qui manquaient, même si Betty était la mieux lotie dans ce domaine, comme pour le reste. Néanmoins, si la situation ne les enchantait ni les uns ni les autres, elle ne leur déplaisait pas non plus du tout au tout. Et les choses suivirent ainsi leur cours, sans grands changements.

Composition Ütibi.
Achevé d'imprimer
sur Roto-Page
par l'Imprimerie Floch
à Mayenne, le 3 février 2012.
Dépôt légal : février 2012.
Numéro d'imprimeur : 81397.

ISBN 978-2-207-11254-0 / Imprimé en France.

238139